新管理 03

誰切了乳酪？
Who cut the cheese

劃時代的生存法則：以推卸責任戰勝改變

作者：法學博士 **馬森・布朗**（Mason Brown, J.D.）
曾經幫助數百萬人發現「閱讀不是絕對必要的」的暢銷作家

匡邦文化

目錄

誰切了乳酪？

Part 1

虛擲光陰

Part 2

「誰切了乳酪？」故事篇

Part 3

會後討論

推薦序

和泰興業
董事長 蘇一仲

寓言故事從古至今、不論東西，一直都受到許多人的喜愛。我想除了故事內容本身吸引讀者外，字裡行間若大的想像空間，可任人玩味，也是其歷久彌新、受歡迎的原因吧！

近來，有機會接觸幾本不錯的寓言譯本，發現故事內容雖簡單，但卻十分吸引人！相較於以往大家所熟悉的故事體裁（譬如善惡分明、因果循環等主題），當今的流行寓言故事，似乎並非如此單純！或許說，作者所透露的，並非是一個單一訊息，而是更多樣性的複雜探討！妙的是，故事本身非常的簡單而且容易閱讀，尤其是主人翁的性格鮮明，甚至取名也不避諱！

職場上或是社團間，我常有機會可以收到朋友們送來的書籍，由書籍來推測相贈者的喜愛及他所想要表達的訊息，其實並不難，相信很多人也有同感。但如果換作是《誰切了乳酪？》這本書，恐怕要推敲相贈者的用心，就非如此簡單了！這本書的反諷法，提供了很多的想像空間，並且最特別的是，作者留下了架構與伏筆，令人玩味也令人警思！

《誰切了乳酪？》是一本值得我向各位推薦的成人寓言故事，值得一看再看，尤其是職場上，非常適合作為給下屬的禮物。『誰切了乳酪？』不僅能讓讀者重新檢視自我，也非常適合當作閒聊、或是員工訓練時的話題。雖內容顛覆了一般的傳統與道德，但比喻作現今的職場卻是十分貼切！職場如戰場，企業在評估員工時，對其忠誠度的表現固然重視，但企業為求永續的經營與發展，能面對變化做出立即對應，並具備危機處理能力的員工，對一個有競爭力的企業而言，他才能算合格！

看了《誰切了乳酪？》這本書，你會發現書中的主人翁只是換了名字，不是你自己，就是你所認識的人！

二〇〇一年秋　於台北・和泰興業

推薦序

實踐家知識管理集團董事長 林偉賢

在今天這個以知識為基礎的世界裏，改變就是規則，若不能主宰改變，就會被改變痛宰。當你問「誰必須為我的成敗負責時」，你一定得看著鏡子。而「誰切了乳酪？」正是一面可以照出真實自己，並無懼迎向未來的明鏡。

這是一本生動、趣味，即引人入勝又能發人省思的寓言式的書。一般民眾要讀它，職場人士更要讀它。

公關名師　方蘭生

中國時報
副總編輯

你是妙鼻鼠？還是落跑鼠？還是逃避先生？或是推諉先生？看了本書就知道啦！

寫給所有人的一篇故事

這是一個不但簡單、而且比簡單還容易閱讀的故事

在這個故事裡，描繪了四個虛構的角色——兩隻老鼠，妙鼻鼠和落跑鼠，以及逃避先生、推諉先生兩位迷你族人。

就如同歐洲在中世紀時代所時興的道德劇（譯註：在中世紀時，普遍在戲劇的故事中融入道德觀念，目的在教育平民百姓。）中所出現的人物一樣，他們是真實世界裡各種人性的縮影，反映人生百態。

無論你的年齡、性別、種族、國籍為何，不管你有沒有不為人

知的基因缺陷或的性格障礙，都可以在這四個角色中看見自己的影子。

有時候我們的行為表現就像：

妙鼻鼠：大老遠就能嗅出前方所潛藏的危險。

落跑鼠：在棄守逃命之前，總不忘咆哮，抱怨一番。

逃避先生：對於眼前的狀況故意視而不見，假裝不存在，但不斷欺騙自己，一切很快就會過去。

推諉先生：一發現問題，首先責怪別人、推卸責任；將道義放兩旁，把自己擺中間的那種個性。

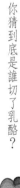

誰切了乳酪

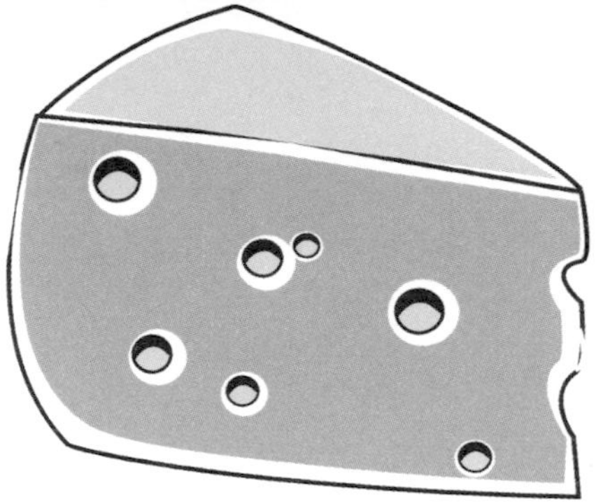

寓言背後的謊言

寓言背後的謊言

（本篇由專業會計師卡爾．克魯勃聶克所著）

只要一想到你正在閱讀這本《誰切了乳酪？》就讓我覺得很爽。為什麼？

因為這表示此刻這本書已經完成印製上市了，而你，我親愛的朋友，你已經付錢買下這本書了。「鏗噹！」這個清脆的聲音，表示消費者大爺的鈔票已經進了生意人的荷包裡。我贏了，而你輸了。

「但是這本書是人家送我的禮物呀！」你或許會這麼問。

「那又怎樣？」我告訴你，我才不管是你哪個鄉下親戚或哪裡冒出來的好朋友，掏出鈔票買下這本書送你呢！就算是你年老體衰的祖母，用掉了她最後一張戰爭債券才換來這本書，也不關我的事。相信我，今天就算沒有我，還是會有其他出版社覬覦她的錢，騙她一口氣訂個十本「口袋怪獸」雜誌或其他書。

只有一種讀者，是我所不想要的，我說的就是那些在書店裡等女朋友排隊結帳買羅勃・華勒（Robert Waller，《麥迪遜之橋》的

作者）新書時，為了打發時間，只好在書店裡逛來逛去、隨便翻閱架上新書的那些傢伙。

對，老兄，我說的就是你！你這個差勁的傢伙，現在就給我把書放下。我最受不了像你這種人了，你不只吝嗇，還非常欠扁！快滾，去旁邊的國際雜誌區，我寧願你去看看這一期羅馬尼亞版的「花花公子」！

對我而言，這本書別具意義，它不只是個發財的機會而已。我還清楚記得幾年前，當我第一次聽馬森說起這個「乳酪」的故事的情形。

當時，我們跟一大群人一起擠在一架電梯裡，結果「噗！」地一聲，我突如其來地當眾放了個響屁。剛開始，電梯裡的乘客只是暗暗竊笑，沒多久，這些人就被瀰漫在空氣中的一股超級惡臭給薰得笑不出來，只能痛苦地掩住口鼻低聲呻吟。

這個小插曲證明了一件事，那就是宛如殺人毒氣似的大臭屁，不見得都來得無聲無息。

就在我意外撇風之後，馬森為了化解我的困窘，他打破沉默，簡單地說了「誰切了乳酪？」這個故事。

馬森的短短幾句話，就跟稍早我的臀部所打的

響嗝一樣，在電梯乘客之間，引發了強烈的迴響。更奇妙的是，當馬森說完他的小故事後，電梯裡所有人都憎惡地瞪著另外一位看來既無辜又迷惑的多明尼加人，好像他才是把整部電梯變成毒氣室的原兇！

馬森和我迅速結為莫逆，不久之後，我便開始善加利用他的寫作才能，讓他成為我的搖錢樹。

由於裝置在我的臀部的小號，老是愛在公眾場合放炮（特別是在週末的自我成長營的晚餐時刻，當所有人排成一列，等著取餐時），馬森和我有太多機會證明這個關於「乳酪」的小故事的確價值非凡。

從那時候開始，我的身邊經常被一些怯懦膽小的人、懷才不遇的人、不屬於正式編制內的員工、假釋出獄的受刑人，以及那些迫切需要社會津貼的新手父母之類的人所圍繞。工作上，只要有任何一個環節出錯，我可以隨時找各種藉口責怪這些人，甚至開除他們。從那一天起，我很快就當上克魯勃聶克顧問公司（Krubenaker Corporate Consulting LLP）的負責人。

在「誰切了乳酪？」這個寓言故事裡，有四個性格古怪、各具特色的人物被困在迷宮中，他們不斷尋找隱藏在迷宮中、供應量有減無增的的乳酪。

這個故事最迷人之處，就是馬森使用隱喻的方法來說故事。

在故事裡，「乳酪」所代表的，不僅是味道臭得嚇死人的超級臭屁，生活中任何一種令人不悅的、可能害你我遭受責備的事物都

可以是「乳酪」。例如下跌的銷售量、被供應商哄抬的物價、天文數字的電話帳單等等。這就是譬喻的神奇之處。

故事裡的「迷宮」，當然也有其象徵意義，否則這本書的讀者就會少得可憐。你知道，畢竟沒有多少人像故事裡的主角一樣，吃、住、工作都侷限在迷宮裡。如果一定要說，地下鐵工人和礦工的生活方式，勉強算是比較接近的。因為他們像鼴鼠一樣，靠著成天在地面下鑽來鑽去維生。但整體來說，這種人畢竟是少數，而且這些人大概也不太看書吧！

由於馬森曾親自為我解說故事的細節，所以在此我可以驕傲地向各位解釋「迷宮」所代表的意義。

迷宮可能是任何一個地方，任何一個可能讓你受傷害或遭受打擊的地方。迷宮也不盡然是某個場所，它可能是你的工作、親密關係、家庭、或同儕團體。簡而言之，生活中任何一個你可能搞雜的部分，都可以稱為「迷宮」。

當「迷宮」之中的「乳酪」，變成一股令人難以忍受的臭氣的時候，許多人並不知道該如何去因應。他們會因恐懼而瞠目結舌、或像無頭蒼蠅似的到處亂撞，直到他們再也受不了那股強烈的餘味為止。

但這種傻子絕對不會是你，因為在讀完這本書之後，你將學會如何把這一切怪罪到到那些已經嚇得講不出話來的傻子頭上，要他們為此負責。不等他們反應過來，你早已將一切遠拋腦後，瀟灑地大步向下一個更遠大的目標邁進。

如果我告訴你，這個簡單的寓言故事對於全人類的貢獻遠勝於歷史上其他書籍，而且就連聖經、可蘭經、或人類基因圖譜都不及它偉大，我一點都不誇張。

真的，我親耳聽見許多人發誓，說這本書拯救了他們的婚姻、事業、甚至這個世界！當然，關於這本書如何改變世界命運是最高機密，恕我無可奉告。

我可以簡單舉個實例來幫助你明白本書的獨特之處。由於本案的當事人是一位是備受尊敬的美式足球明星和電影明星，為了保護他的身分不曝光，因此在敘述時，我僅以姓名縮寫來稱呼他。

故事是這樣開始的：

O.J.曾經投效某一紐約球隊多年，他是美式職業足球聯盟

（National Football League）的超級明星球員；這些年來，他也充分利用自己天生的明星特質，拍了許多電視廣告和電影。O.J.娶了一位美麗的白人女子為妻，但由於妻子覺得他獨創的示愛方式——先動手痛毆一頓再來一段真愛告白的方式太激烈，而對這段婚姻失望。

O.J.的妻子下定決心離開，但O.J.無法承受這個決定，他覺得痛苦萬分。於是他跟蹤她、躲在她庭院的樹叢間窺伺，毫不遺漏地

記錄她的一舉一動。

某個晚上，有個男人前去O.J.的妻子的住所與她相會，卻突然有人從樹叢中跳出來，將兩人給殺了。

很自然地，警察鎖定的頭號嫌疑犯就是O.J.。O.J.不甘被指為心狠手辣的兇手，便試圖開著一輛福特車離開，並且威脅要自殺；經過一番飛車追逐之後，他才決定接受警方的偵訊。一旦做了這個決定，O.J.便在最短的時間內僱用了一批超級律師，這些律師們好不容易說服勸O.J.先聽聽「誰切了乳酪？」這個小故事。

看完這本書之後，O.J.深鎖的眉頭終於舒展開了。因為他深知一個以黑人女性為主的陪審團，會如何憎恨一個嫁給聲勢如日中天的非裔超級運動明星的白人女。於是，他暗示，也許他死去的妻子就是那個切走乳酪的人。而這個黑人陪審團也比較願意相信，那些有種族歧視的、貪污腐敗的洛杉磯警察，可能故意羅織罪名陷害他。

所以，他提出一個論點：洛城警局可能切走了乳酪。O.J.也對社會大眾表示，願意支付鉅款給揪出真正的殺人兇手的人。因為他要全世界知道，O.J.絕對沒有切走乳酪！

這些方法真的很管用。如果我告訴你O.J.的真實身分，哪天你真的可以在某個高爾夫球場找到這位昔日的運動明星，看見他依然行動自由、不受拘束。這一切都得歸功於「乳酪」的故事。

這只是和「乳酪」的故事相關的眾多真實案例當中的一個。這個寓言故事力量之強大，有此可見一番。

事實上，由於我太相信這本書所接櫫的真理，於是在聖誕節的時候，我特別製作本書的「搶先試讀版」，並將之當作禮物，代替紅利發給公司的每一位員工。

為什麼？

理由很簡單，我跟其他上市企業的老闆一樣，總是以來自股東的壓力作為壓低公司支出的藉口，企圖隱藏自己超級吝嗇的事實。有些人可能會引以為恥，但我不會。不但如此，我甚至引以傲呢！

因為我深信只有站在最高處的人，才能看清事情的全貌。當我把自家公司出版的約一百頁左右的、廉價裝訂的「搶先試讀版」送給手下的員工時，正是向他們宣告我是公司老闆的事實。要是底下員工敢有意見，還沒等他把話說出口，就已經被我開除了。

但這不是唯一的原因，我這麼做，其實還是為了大家好。如果我給員工紅利，天曉得他們會怎麼花掉？有的人會把錢用在小孩身上，有的拿去度假。無論如何，我可以確定他們絕對不會想要把錢用在克魯勃轟克顧問公司上。如果員工們不能時時刻刻想著報效公司，那麼公司的生產力就會降低；而一旦公司生產力下降，搞不好哪一天他們全部會失業。如果這些人沒有工作，他們就可能會吸

毒、酗酒、打老婆揍老公、或者對子女不理不睬。你說，我怎麼能夠眼睜睜看我的員工淪落到這種地步？不，我辦不到。

從我在公司發放這本書之後，公司的工作氣氛有了明顯的轉變。一夕之間，每位員工都深知，為求自保，任何人都可能說謊以推卸責任。而且他們以反複檢查同事的工作和揪舉他人的錯誤為己任。這就像在本書上所提到的，最後一個發現問題的人，往往是必須負責任的那個人。

像這樣充滿偏執和懷疑的工作態度，導致員工的工作時數增加了百分之二十、並使生產量提高了百分之二。這兩個數據間的差異，是因為員工們大量利用工作時間嚼舌根的情況加以解釋。百分之二的數字雖然看來不起眼，但的生產量的成長可是無可否認的事實。

當你在閱讀這書時，你會發現：

第一，篇幅非常少；

第二，全書共分三個部分，第一部分是「虛擲光陰」，內容與一次高中同學會有關。

在這次聚會裡，沒有一般久別崇逢的老友們所聊的話題，只有一個傢伙強迫其他人聽他講了個又臭又長、深具教化意味的故事；第二部分就是我們一直在談的，「誰切了乳酪？」這個故事。

在第二部分裡，你會發現那兩隻老鼠的表現較搶眼，很簡單，因為他們是老鼠，他們本來就擅長在迷宮裡鑽營。至於迷你族人雖然比老鼠聰明多了，但聰明有時反被聰明誤，他們常繞著「為什麼

我會被困在迷宮裡？」、「是誰把乳酪放在迷宮裡的？」或者，「我穿這條牛仔褲會不會顯得胖？」之類的問題打轉，而浪費太多時間。

就是這些蠢問題害他們走上無可避免的毀滅結局。只有他們拋棄高人一等的智慧，依照直覺而行動，迷你族人才有一絲絲生存的機會。

在本書的第三部份「會後討論」，是馬森為了掩飾這本書篇幅過少所做的障眼法。為了增加頁數，他寫了一篇關於那些參加聚會的老同學在聽完「乳酪」的故事之後，如何各自將其中的道理應用所學於日常生活中的情節。

部分「搶先試讀版」的讀者在看完第二部分之後就停止閱讀，

選擇自行推敲其中的涵義；當然也有人看完「虛擲光陰」之後就停手，把書丟到一邊。更有一些讀者，願意接受如同「滿清十大酷刑」之類漫長的折磨，看完整本書。

這本書的好處還不只這些，你可以將本書送給即將被你開除的員工，好讓他們知道，當「無可避免的改變」來臨時，盲目地接受它，比起質疑當權者的合理性

要來得識時務。

此外，這本書還會教你如何將應由承擔失敗責任，由團體轉移到不包括你在內的少數個人身上。

記住，就算你犯了罪，並不表示你必須為此服刑。就如同知名律師約翰・科克蘭常掛在嘴上說的那句老話：

發現情況不對勁的人，通常就是闖禍的人。

放棄抵抗吧！

卡爾・克魯勃聶克

於加州洛杉磯

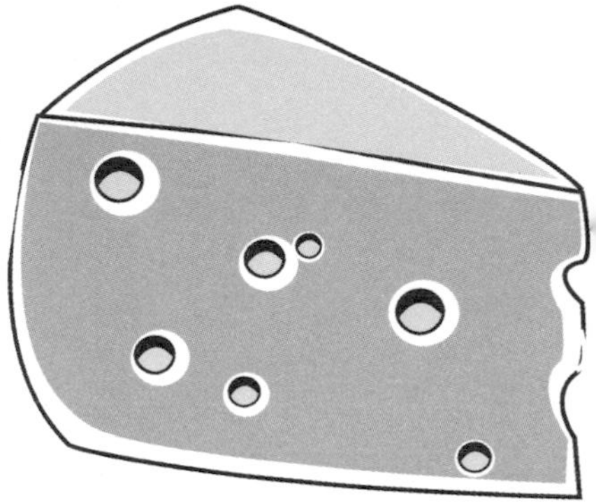

虛擲光陰

虛擲光陰

那是個多霧的日子。位於加州佳百利天使谷（San Gabriel Valley）的全世界最大的豐田汽車展售中心附近的某餐廳裡，圍坐著一群人。這幾個高中時代的死黨，雖然才在前一晚才參加了高中同學會，但他們仍覺得意猶未盡，借敘舊之名刺探彼此的虛實，看看在這幾年裡，誰變得窮途潦倒、誰又飛黃騰達了。

當年，班上的萬人迷糖糖，現在在一間叫做綠薄荷犀牛的夜總會裡跳艷舞，她說：「高中畢業的時候，我怎麼也想不到自己有一天會變成現在這個樣子。當時的我充滿希望和理想，我還以為自己一定會唸大學，然後成為一個獨當一面的房地產經紀人，過著和現在截然不同的生活呢。」

「有時候驀然回首，看見人事全非，不免覺得感慨。」布蘭特對糖糖的話深有同感。他繼承父業，將父親一手創建的汽車廣場經營得有聲有色，這一點讓他的高中同學們感到驚訝。當然，布蘭特的高中同學們不會曉得他那不為人知的怪癖，那就是他酷愛玩一種稱為「騎小馬」的性遊戲。布蘭特會穿戴上從情趣用品店買來的紅色箝口具

和馬勒、裝上馬尾，把自己裝扮成小馬，然後讓一位全身包裹著皮質的女王像騎馬似地騎在他身上、駕馭他。「在這個時候，我就好希望時間可以倒轉，讓我回到從前。我討厭看見自己的改變。」他繼續說。

佩卓將布蘭特的話想了又想，開口說：「我認為，無論處於何種位置，任何就現狀的改變，都有可能使情況惡化。」

佩卓的墨西哥口音相當重，因此大家很少去注意聽他說的話。這種冷漠的回應深深刺傷了佩卓拉丁民族的驕傲，他本來想說點什麼的，但轉念一想，反正這三十五年來，他已經習慣被所有人所歧視和忽略，多一次或少一次有什麼差別嗎？雖然他已經怒火中燒，卻選擇保持沉默。

「啊，他剛剛開口了。」珍故意模仿佩卓的拉丁腔。

所有人哄堂大笑。大家都很高興有佩卓在場，他的拉丁背景和口音，一直是大家取笑作弄的對象，而且即使在這種被嘲弄的難堪時刻，佩卓還是有辦法勉強擠出一個笑容來。

幾杯酒下肚之後，這群老朋友們紛紛聊起自己在都市叢林裡奮鬥拚的血淚史，談談這些年來，他們如何因為外在環境的改變，而把生活搞得亂七八糟。大部分人都說，自己曾經嘗試各種辦法試圖

扭轉頹勢，只可惜效果極為有限，只有珊卓拉一個人例外。她說，她欣然接受改變，而她將自己正面積極的態度，完全歸功於耶穌基督的指引。聽到這裡，大夥兒忍不住拿珊卓拉的話開起了玩笑。她氣不過，便憤而離席。

其他留下來的人，則繼續抱怨生活中所遭遇的各種問題，他們自艾自憐，埋怨在生活裡所遭逢各種巨變和不幸。

路易斯是一個經驗豐富的激勵大師。他前晚喝威士忌喝得酩酊大醉，此刻他那雙埋在威士忌酒杯之後那的眼睛，仍顯得醉眼矇矓。再加上前一晚吸食了整晚的古柯鹼，他的眼睛佈滿了血絲。稍早為了止吐，他不知道嚼了些什麼，但還是沒有用，他還是吐得暈頭轉向的，沾在他嘴唇上、已經乾掉的殘渣就是證據。

仍在痛苦呻吟的路易斯說：「過去的我，面對改變，除了憂慮恐懼，毫無招架之力。當年我的公司營運狀況正在走下坡的時後，我堅持要我的助理每天早晨在我的辦公室裡點檀香，好驅逐盤據在辦公室裡的惡靈。接著我會關上門，一言不發地坐在辦公室裡，什麼事也不做，只等著劊子手揮動斧頭，砍下我的腦袋。」

「然而，」路易斯接著說，「自從我聽說了『誰切了乳酪？』這個故事之後，我的人生從此由黑翻紅。」

「說清楚一點！」布蘭特說。他清楚記得自己第一次進入美國線上（ＡＯＬ）的網路聊天室，首次接觸到和汽車買賣截然不同的天地時，那種強烈的感覺。從那一刻開始，他熱切希望可以聽到一個特別的故事，一個具有改變他那毀滅型的性癖好的力量的故事。

也許，這一次他即將聽到這個特別的故事！「上帝知道，我的確需要幫助。」

路易斯贊同地點點頭，然後說：「本來，我一直認為『改變』是可以被抗拒的，或者我們可期望借助上帝的力量來扭轉困境。但自從我聽說這個寓言故事之後，我才恍然大悟，明白自己過去的想法有多麼愚蠢。頑強抵抗是徒勞無功的，再者，改變往往足以毀滅一個人的生活。」

「所幸，不論改變所造成的後果有多糟，你總是可以找到其他替死鬼來負責任。你首先需要找到一個代罪羔羊，接著就是將一切的錯誤怪罪於他，然後要他承擔失敗的責任。」

說到這裡，布蘭特又開始想入非非了，他因為自己高漲的慾望而難為情地紅了臉。一想到「羔羊」這兩個字所隱含的意義和尋找替代品的曖昧涵義，讓他心猿意馬、蠢蠢欲動。布蘭特只得隨便找個藉口起身走走。

路易斯完全沒有注意到布蘭特這突如其來的舉動，他繼續剛剛的話題：

「從我聽到這個故事的那一刻開始，我仔細檢視自己的工作方式和工作流程，而出乎我意料之外的是，我發現自己犯了極嚴重的錯誤。那時候的

我，只要一發現事情做不好，便責怪自己、要求自己為此全權負責。天啊！這真是要命的錯誤。說得簡單點，我的手下有上百名員工，他們在公司裡為我做牛做馬，但若有事情進行得不順利，卻是由我一個人來擔負全部的責任！這樣說，你們聽出問題的所在了嗎？

「我推論在這個故事裡的四個角色，各自代表面對無可避免的改變時，所有的四種應變方式。我當下就決定要讓自己成為那個堅持到最後的成功者。於是我徹底改變自己的態度，也開啟了我平步青雲的人生。

「我踩著其他同事的背一步一步往上爬，但我也很清楚，如果我要爬到頂點，必要找機會扳倒我的上司。很幸運地，這一路上我所遇到的上司，多數都不怎麼靈光，也沒什麼本事，所以要發現他們的錯誤、讓他們被老闆開除，真是易如反掌。

「真正的麻煩是，我們公司的總裁既聰明能幹又握有實權，我實在找不到攻擊他的著力點。但皇天不負苦心人，還是讓我逮到機會了。有一次，總裁要我以公司的退休基金進軍股市，購買路由器製造商思科（Cisco）的股票，但我一個失誤，錯買了食品經銷商斯可（Sysco）的股票。結果一年下來，證明了斯可是績優股沒錯，但思科的股票卻在同一年之內上帳了十倍。不用我說你也猜得到，公

司員工當然非常不滿，要求高層必須有人為此下台。

「我把所有整件事仔細思考過一遍，突然想到我在『誰切了乳酪？』這個故事裡所學到的教訓，於是我捏造幾篇備忘錄，清楚指出，我非常擔心自己誤聽了總裁的話，買錯了股票，為此我還再三確認，證明總裁的確要我買食品經銷商斯可的股票，非路由器製造商思科的股票。

「令人訝異的是，這麼一個簡單的小技倆竟然奏效了，我成功地讓總裁背負錯誤決策的罪名。我們總裁向來勇於負責，他不是那種推諉責任的人。他認為，如果公司內部出現像這樣溝通不良的狀況，他一定有錯。關於這一點，我完全同意。於是總裁辭職了，他當然希望我也一起提出辭呈，但我沒有，而且他始料為及的是，搬進他的辦公室的人就是我！我接替他的職位，成為公司的總裁兼總經理！

「公司裡那些真正具聰明才智的員工陸續離職，但我不在乎，反正他們並不是我所需要的那種下屬。我的身邊全是些智力和能力均屬二流、成天擔心會因為自己或別人所犯的小錯誤而丟掉工作的員工。這實在太棒了！聽我說，千萬不要小看這些膽小怕事、腦袋不甚靈光的二流白領階級，想要功成名就，全得靠這些人。

「當然了，這些留下來的員工裡，也有人有樣學樣，一犯錯就

把責任推到同事身上；膽子大的，甚至把公司成長停滯的問題歸咎於我。我當然不可能讓他們騎到我的頭上來。於是我一面以迅雷不及掩耳的速度開除這些不滿現狀的反抗者，一面向大家宣佈，由於我裁掉這些不肖員工並縮減公司規模，使得公司的生產效能大幅增加。就是這麼簡單的推卸責任這個技巧，讓公司的股價持續向上飆，也讓我成為有錢人。」

「你剛剛提到的寓言故事叫做什麼來著？」糖糖問道。

路易斯回答：「誰切了乳酪？」

「我想是佩卓幹的，」珍接口，「因為他根本買不起嘛！」

這群老朋友再一次公開嘲笑他們的可憐的墨西哥裔同學，可憐的佩卓只能扮個鬼臉，無聲地抗議這個低俗又充滿種族歧視的語言攻擊。

才解決了生理需要的布蘭特，頂著一頭蓬鬆的亂髮重新回到座位上，也跟著笑得東倒西歪呢！他開口說：「那就快點說吧，路易斯，我們已經等不及要聽那個『誰切了乳酪？』的故事了！」

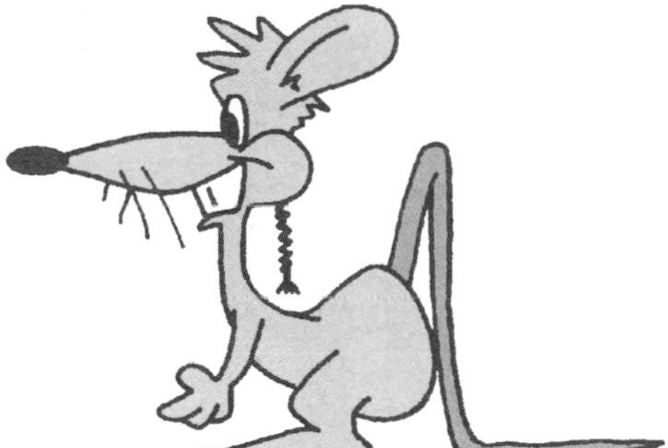

誰切了乳酪

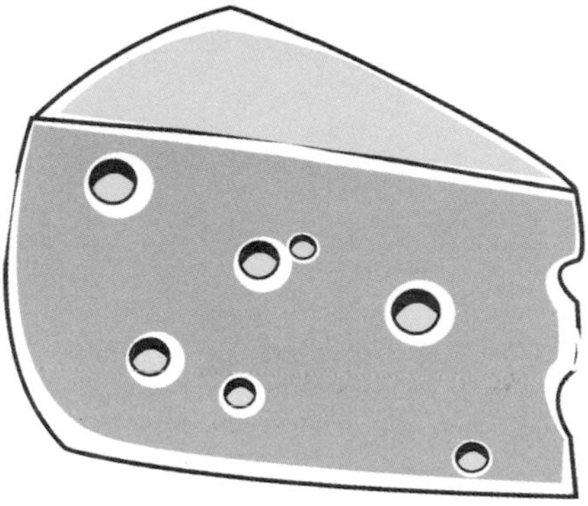

「誰切了乳酪？」故事篇

「誰切了乳酪？」故事篇

很久很久以前，某個非常遙遠的地方，有一個奇怪的四人組，被困在一個迷宮裡，不斷地尋找乳酪。

在這個四人團體裡，有一半的組成分子是老鼠，牠們的名字是妙鼻鼠和落跑鼠；另一半則是迷你族人，分別叫做逃避先生和推諉先生。

這兩個迷你族人最特殊之處，就是他們的身材體型只有老鼠般大小，但他們的樣貌和行為舉止則跟普通人類沒有兩樣。迷你族人有一項禁忌，就是他們受不了別人稱呼他們為侏儒。要是有人膽敢這麼叫他們，他們肯定跟那個人拼個你死我活。除了蘇格蘭人，一般人是不會為了一點芝麻小事就抓狂的。這些紅髮闊嘴的蘇格蘭人成天喝得爛醉如泥，而他們只要一喝了酒，就會處找人挑釁，就連某個人的頭髮不夠紅這種事，都可以成為他們惹事生非的理由呢。啊，扯得太遠，我已經離題了。

就像其他住在迷宮裡，除了乳酪、別無其他食物的人一樣，逃

避先生和推諉先生嚴重地營養失調；他們攝取過多的卡洛里，但嚴重缺乏維他命。由於迷宮裡的日常飲食中，欠缺柑橘類食品，他們就像航海時代的英國水手一樣，因為壞血症而擁有一口大爛牙。他們的甲狀腺也因為飲食中缺乏碘化鹽而疼痛不已，即使是輕微的碰觸，都可以使他們的皮膚和毛髮如鱗片般一片片剝落。儘管健康狀況如此惡劣，他們還是生存下來了。

對於普通人來說，這個迷宮實在非常非常的小，小到即使從它旁邊經過，都不會注意到它的存在。但是，要是你知道有個實驗室般的迷宮就在附近，而且迷宮裡困著兩個身材迷你的人，你一定會想盡辦法把它找出來的。的確，要是發現了迷你族人，大多數人會把他們從迷宮裡抓出來仔細觀察一番，他們會一面擔心迷你族人的

身體狀況、一面因為發現迷宮裡竟然有老鼠而大驚失色。

除此之外，許多人會選擇帶著迷你族人上遍大小媒體出盡風頭，然後再來個巡迴展示、大賺一筆。當然也有一些人會堅持主管機關必須徹底追查，揪出在背後操控這個慘無人道的實驗的科學家。

很不幸地，這些可憐的迷你族人並沒有這麼好的運氣。他們被一個看不見的、不知名的、殘酷無情的、而且自比為宇宙主宰的強大力量所控制著，他們甚至不知道自己為什麼會被困在這個迷宮裡。

你大概會問我有關妙鼻鼠和落跑鼠的事，但是至於牠們怎麼進到迷宮裡的、或者為什麼會被困住之類的問題，並不在我們討論的範圍之內。要是牠們看到像巨人一樣大的普通人類（假設是你吧），牠們肯定嚇壞了，但一旦牠們從驚嚇之中恢復之後，就會不客氣地叫你滾蛋。我想，牠們可能會非常有禮貌地提出要求，畢竟牠們還是害怕，萬一你被激怒了，搞不好發一頓脾氣讓牠們死得很慘。對這些鼠輩而言，牠們是有理由擔心的。

每天早晨，逃避先生和推諉先生一醒來，就會穿上運動服和慢跑鞋，戴上金鍊子和尾戒，離開他們小小的家，慢慢跑進迷宮裡，

開始一天的乳酪搜尋行動。每當他們沿著黑暗的走廊移動時，會格外地注意兩隻老鼠的行蹤、隨時保持警戒；但很快地，迷你族人發現那兩隻老鼠同樣對他們心存恐懼，特別是當他們舉起手電筒照亮路徑的時候最令牠們害怕。除此之外，為了預防妙鼻鼠和落跑鼠可能對他們發動攻擊，逃避先生和推諉先生還將金屬門閂磨成利刃，作為防身利器。

在這個永無止境的迷魂陣裡，到處充滿了拉桿和踏板之類的機關，某些機關背後有小乳酪塊，有些則會送出灼熱的強烈電流。迷宮裡有以木板封得密不透風的房間，也有暗得身手不見五指的走道。還有些區域整天播放震耳欲聾的饒舌音樂，似乎散發著危險氣氛、暗示過路人不要靠近。在入夜之後，迷宮的氣氛往往顯得更加

詭譎。

妙鼻鼠和落跑鼠這兩隻老鼠，靠著反覆嘗試及不斷犯錯，來尋找乳酪。牠們總是快步通過迷宮中一條條漫長的走道，牠們靠運氣發現藏在迷宮裡的乳酪。牠們不怕嘗試，牠們會試著扳動每一支拉桿，記住那些機關可以打開活動門、讓牠們拿到乳酪；那些機關一碰之後會把牠們被卡在陷阱裡動彈不得，乖乖地遭受十二伏特的電擊。

在尋找乳酪的過程中，妙鼻鼠幫了很大的忙，牠利用靈敏的鼻子嗅出乳酪的位置之後，就會告訴落跑鼠，讓落跑鼠衝過去壓拉桿。落跑鼠雖然喜歡當發現乳酪的那隻老鼠，但牠也不是傻子，要是牠警覺到前有異狀，就會毫不猶豫地轉身向後跑，讓牠的夥伴當那隻倒楣鼠。

如同你我所預料的，對於嚙齒類動物的老鼠們來說，在黑暗又複雜的地道中生存是一點兒也不困難，因為牠們具有超強的環境適應力，可以既快速又正確地在如迷魂陣般的通道裡穿梭自如。

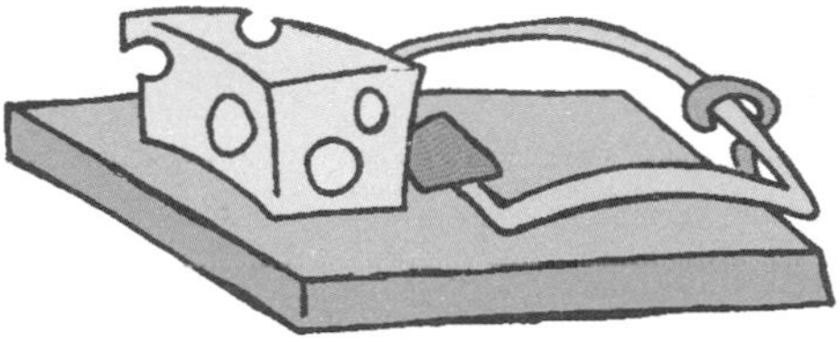

至於迷你族人逃避先生和推諉先生，剛開始的時候也跟妙鼻鼠、落跑鼠一樣，採用「錯誤嘗試」的方法在迷宮

裡求生；但他們很快地開始改變作戰方式。他們決定畫一張迷宮地圖，但他們很快就失去了耐性，因為他們繪製地圖的技巧實在爛到了極點，畫出來的圖完全派不上用場。他們費盡心力畫出來的地圖，大概跟畫在玉米片包裝盒背面、用來哄小孩的遊戲的差不多吧。那種地圖，大概只有立體派的藝術家看得懂，想要靠它來辨識方位，是絕對不可能的。

但兩位迷你族人不因此而受挫，他們不斷累積經驗，並試著利用科學的原則和方法，來找尋通往乳酪之路。

只要一發現乳酪，逃避先生和推諉先生就會用他們的小腦袋，牢牢記住當天他們兩人從出門到找到乳酪的所有經過，就連最微小的細節也不放過。然後，第二天早晨當他們再度出發尋找乳酪時，

會盡可能地重現前一天的所有步驟；因為他們認為，只要重複這些過程，就篤定可以再次找到乳酪。舉例來說，逃避先生每天早上都會故意以他的小腳趾用力撞床柱，因為他的腳不小心踢到床柱的那天，就是他們第一次在迷宮裡發現乳酪的那一天。

至於推諉先生，只要他一踏進迷宮，他的嘴巴就會不停地嘟嘟囔囔些毫無意義的音節，只有逃避先生向他問路的時候才會停止。

他們不但費盡心思設計了這一整套流程，還將精心蒐集到的每

一個細節，以極小的字體密密麻麻地紀錄下來。他們的記事本上寫滿了那些既有創意又科學的乳酪搜尋法則，不斷補充的內容多到連記事本上連隔線都被字跡所蓋過。

儘管如此，妙鼻鼠、落跑鼠、逃避先生、和推諉先生還是找到了一個大型叫做「D區乳酪儲藏室」的大房間，發現其中的大量巨無霸乳酪塊。

就這個迷宮實驗室的而言，D區乳酪儲藏室的空間可以說是非常寬敞，它的天花板有十五英吋高、房間的長、寬各有好幾英尺。在儲藏室的中央，放著巨無霸史地頓乾酪（Stilton cheese）；而儲藏室的四周，呈放射狀排列的，是一間間的小隔間。每一個小空間都佈置得像辦公室一樣，不但文具、裝備齊備，就連標語及呆伯特減壓玩具都一應具全。

由於D區儲藏室裡的乳酪完全沒有被人接上電線之類的整人道具、是安全可食用的，因此老鼠們和迷你族人每天都會過去飽餐一頓。老鼠們和迷你族人很快地知道如何錯開時段、避免相遇，妙鼻鼠和落跑鼠總始比較早到的一群，就跟發現D區乳酪儲藏室那天一樣，牠們每天循著同樣的路徑進出。來到了巨無霸史第爾敦乳酪面前，牠們首先利用囓齒類動物特有的特大號門牙啃咬酪塊，再將撕咬下來的一塊塊乳酪吞食下肚，牠們

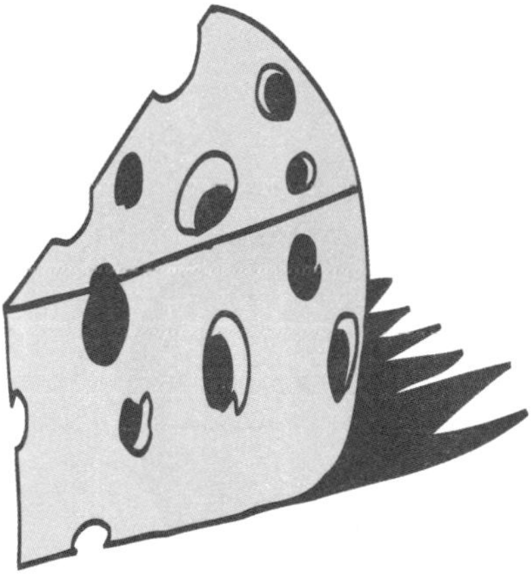

攻勢兇猛、毫不留情地吃，不到吃撐絕不停手。

最初幾天，逃避先生和推諉先生也像兩隻老鼠一樣，每天一大早就到乳酪儲藏室報到，但妙鼻鼠和落跑鼠顯然不歡迎迷你族人的到來，只要一發現他們在牠們吃飽前就悄悄向乳酪靠近，老鼠們就會發出噓噓嘶嘶的聲音以示警告。從第一天起，迷你族人就為妙鼻鼠那超級靈敏的嗅覺所震懾，而不敢越雷池一步。

迷你族人發現，只有兩隻老鼠吃飽了在一旁打盹的時候，才是牠們稍微放鬆警戒的時刻；為了配合老鼠的作息，兩位迷你族人每一天都比前一天晚一點點到達儲藏室，到最後他們的抵達時間大約是十點半到十一點左右。趁著老鼠們在休息，他們得以切下一大片一大片的乳酪，帶著食物躲到角落大快朵頤一番，不必擔心惹惱老鼠們。

位於儲藏室的小隔間裡，安裝有適合迷你族人體型的小型電腦。逃避先生毫不浪費時間與設備，立刻印製了一盒名片，上面寫著「逃避先生，D區乳酪儲藏室經理」，接著他寄出電子邀請函給他所有的朋友，邀請他們過來迷宮試吃他的乳酪。逃避先生的朋友們一個個禮貌地婉拒這項邀請，他們再三感謝他親切的邀請，但也婉轉地提醒逃避先生，勿忘他自己正和兩隻兇猛巨大的老鼠一起被困在迷宮裡的事實。

推諉先生的嘗試以搜尋網路資源為主，他用盡各種方法，希望找到有關體型超迷你的侏儒成功擊潰巨型實驗室老鼠的資料，但他所鍵入的關鍵字「侏儒」，卻先幫他發現了網際網路上無以數計的

小矮人色情網站。興奮之餘，他不忘在第一時間將這個令人興奮的好消息以電子郵件傳送逃避先生。其實，將兩人分隔開來的，不過是一層薄如厚紙板的隔板而已，但他們捨棄最簡單的口語交談不用，情願坐在電腦螢幕前辛苦地敲打鍵盤，做線上交談。

逃避先生和推諉先生迅速地調適自己適應這樣的生活節奏，這種餓了吃乳酪、閒著就上網搜尋色情網站的生活既舒適又愉快。大多數的時間裡，D區乳酪儲藏室裡只有兩種

聲音，一是敲打電腦鍵盤的聲音，一是老鼠們粗重的呼吸聲。由於迷你族人整天全神灌注地瞪著電腦螢幕，他們迅速淡忘了在儲藏室的另一邊，還有兩雙憤怒的紅眼，正在緊緊盯瞪他們的一舉一動。

他們就這樣過了幾星期「吃乳酪上網」的日子，有一天，當兩人正在玩電腦的時候，逃避先生突然放了一個超大號的屁。推諉先生聽到之後大笑，他說：「老天爺！你放的是什麼屁呀？需不需要我給你一點衛生紙呢？」

逃避先生漲紅了臉，一言不發地靜靜坐著。

推諉先生察覺到逃避先生的窘狀，他印了一張如旗幟般大小的海報張貼在牆上，上面寫著：

食用過多乳酪會讓你一肚子氣

逃避先生是氣到了極點，他從椅子上站起來，想要找對面那個厚顏無恥的傢伙算帳。但由於幾個星期下來只有乳酪可吃、再加上久坐不運動的結果，逃避先生的身體狀況已經大不如前了；

他渾圓肥厚的身軀根本不聽使喚，才剛起身又向後倒，一屁股重重地坐回椅子上。羞憤之餘，逃避先生立刻發了一封電子信給坐在對面的同胞，上面寫著：你就等著我去狠狠踹你的大屁股一腳吧！

沒多久，「放屁」這個問題變得愈來愈嚴重。由於好幾個星期之內只有大量乳製品可吃，兩個迷你族人的肚子裡裝滿了氣體，像不定時炸彈似的隨時引爆，其狀況之遭，恐怕連最有經驗的腸胃科醫師都束手無策。

每回逃避先生只要一放屁，除了如雷鳴般響亮的聲響，強大的爆發力還會將逃避先生的身體會從皮革座椅上彈起，像火箭似的一飛沖天；此時，座位只有一板之隔的推諉先生必定毫不留情地嚴厲譴責逃避先生。每回輪到推諉先生的臀部放炮的時候，逃避先生則是連發數封充滿憤怒的電子郵件以示不滿，而推諉先生總是小心翼翼地將每一封抗議信歸入一個叫做「職場人身攻擊書類文件」的檔案夾裡。

這兩個人除了三不五時互相折磨凌辱一番之外，平常倒是相安無事，兩人也相當滿意這種固定的生活模式。他們兩個都熱愛D區

儲藏室的乳酪，但這顯然是他們一廂情願的想法，這一點由乳酪老是把在他們的肚子弄得咕嚕咕嚕作響、氣爆頻頻就可以證明。

某個早晨，當兩隻老鼠如同往常般進入D區乳酪儲藏室的時候，牠們發現裡面的乳酪全部都不見了。

其實，在最近幾個星期裡，兩隻老鼠早就開始懷疑乳酪的供應量有逐漸減少的趨勢，但由於儲藏室裡老是瀰漫著一股難忍的強烈惡臭，使得牠們無法做進一步確認。現在既然已經證實這間儲藏室裡連一點乳酪都不剩，就表示牠們再也不必回到這個噁心的房間了，想到這裡，牠們稍稍鬆了一口氣。

兩隻老鼠任憑直覺來決定下一步的行動，在極度飢餓的狀態下，牠們決定留在儲藏室裡等待逃避先生和推諉先生的到來，準備把兩人大卸八塊以洩憤。

當天稍晚，當逃避先生和推諉先生緩緩走進D區乳酪儲藏室時，兩隻老鼠打量著兩個迷你族人突出的腰圍，覺得兩人的似乎身材膨脹了許多。當老鼠們還在猶豫的時候，一股如沙漠焚風似的熱氣從逃避先生的臀部噴發出來，妙鼻鼠靈敏的鼻子無法承受這突如其來的強烈惡臭，大咳了起來。見情勢不妙，落跑鼠轉身拔腿就跑，倏地經過迷你族的身邊，往漆黑的走道衝去，跑進迷宮深處。跟在牠背後跑出來的，是緊緊掩住口鼻、屏住呼吸的妙鼻鼠。

「剛剛是怎麼了？」逃避先生問道。

「剛剛那一聲巨響，該不會是從你的臀部所發出的警告訊號吧？」推諉先生諷刺地說。

「你又來了！我一定會把這件事寫進備忘錄的！」

推諉先生偷偷地露出了笑容，因為要不了多久，又多了一封充滿敵意的信可以收進他的檔案夾裡。說不定憑著這個檔案，他可以拉下逃避先生，順利升遷呢！要是他有辦法找到設在迷宮某處的法院，搞不好還可以因為這個案子而大賺一筆呢！

啊，他有太多事情需要好好盤算一下！說到這個，我有沒有告訴過你，迷你族人的腦子大約只有胡桃般大小而已呢。沒多

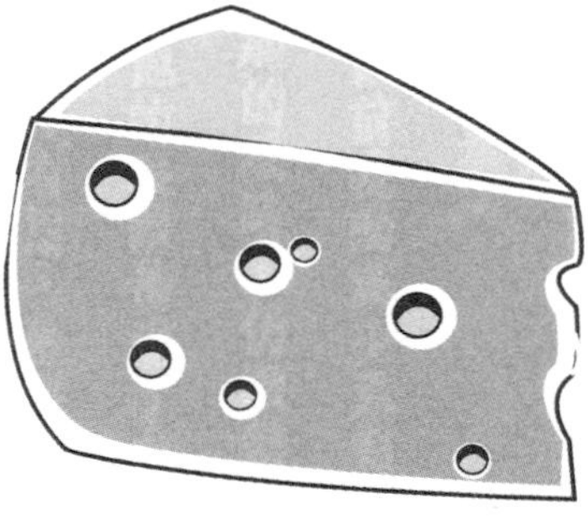

久，推諉先生發現他需要思考的事又多了一樁，因為他注意到儲藏室的乳酪全部不見了。

先前那段日子裡，逃避先生和推諉先生將所有的注意力都集中在瀏覽各個色情網站和他們彼此寄發充滿敵意的電子郵件上，卻壓根兒都想到過儲藏室的乳酪可能有吃完的一天。曾經，儲藏室裡所積存的乳酪，多到塞滿了整個房間，而逃避先生還在計畫要把儲藏室零碎的空間分租出去賺外快呢；而現在，整個儲藏室裡竟是空蕩蕩的，什麼都不剩！

「不，這不可能是真的！」逃避先生淒列地大吼了一聲。他的樣子就像一個初出校門小伙子，被告知家裡從此不再負擔他的開銷，往後必須自力更生時，所發出的絕望的慘叫聲。「我的乳酪

呢？我的乳酪到那兒去了？我最親愛最寶貝的乳酪呢？老天爺，為麼你要這樣待我？為什麼是我？為什麼～～～」

逃避先生就這麼怨天尤人地嘶吼了好幾分鐘，他憤怒的叫喊聲在黑暗的走道和迷宮裡回蕩不已。他在空無一物的D區乳酪儲藏室裡憤怒地來回踱步，他憤恨自己竟遭受如此不義的對待，他咒罵上帝、人、鼠、侏儒、矮人等等。最後他一拳揮出，打破那層薄薄的隔板，直接穿進推諉先生的辦公區。

在對面的推諉先生清楚地聽見逃避先生叫罵聲，但他選擇不加以回應。是的，乳酪的確在一夕之間消失得無影無蹤，但推諉先生也選擇不對此現象做出反應；他同時也注意到老鼠們不尋常的舉動，顯然牠們試圖攻擊他們，他同樣決定忽略這件事。這一切太可怕了，超過他所能承受的範圍！於是推諉先生決定暫時從現實中抽離，退回他既溫暖又安全的「樂園」，在那裡沒有人能夠傷害他，而且還有他最愛的矮人族銷魂姊妹花，來撫慰他的身心。哇，人生如此，夫復和求！

好不容易，逃避先生終於停止吼叫，砰地一聲倒在推諉先生的座位前，他虛弱地抱怨左手臂上突如其來的一陣刺痛。顯然地，逃避先生剛剛劇烈的抗爭行動引發了輕微的心臟病發作。

推諉先生趕忙遞給逃避先生一片阿斯匹靈，但除了這個，他不知道還能幫什麼忙。他不認為這個迷宮裡有醫院，他也不認為他們兩個人有任何醫療保險。這一切顯示，他們那不知名的「雇主」顯然是把這些乳酪塊當薪資發放，而這個老闆的個性似乎反覆無常、

喜歡任性而為。

看著逃避先生躺在地上衰弱地呻吟著，慢慢從發作中恢復時，推諉先生轉過身，露出了燦爛的笑容。毫無疑問的，逃避先生現在麻煩大了！這回的心臟病發作極有可能會了他的命，就算他僥倖不死，隔板上那個被他搥出來的大洞，也足以證明逃避先生的心理狀況並不穩定，隨時都有崩潰的可能。推諉先生不動聲色地將一切拍照存證，小心翼翼地將證據歸入檔案夾。

這些作為並不能改變儲藏室裡已經沒有存糧的事實，沒有乳酪得吃，他們勢必會餓死。

這兩個迷你族人不厭其煩地再三檢查儲藏室，直到完全確定裡面沒有任何乳酪剩下來為止。乳酪不可能會開玩笑，它也不會躲起來跟人玩捉迷藏，如果找不到，它就是真的不見了。

逃避先生以哀兵的姿態寫了一封電子郵件，信上是這麼寫的：

請送來更多的乳酪。

但他非常困惑，不知道該把這封信寄給誰，於是他決定上網，在美國線上的乳酪新聞組上刊登了好幾封文情並茂的請願信，期盼可以藉由網際網路將信送到主事者手上，並接到他回信。

這個突如其來的意外讓兩個迷你

族人陷入了徹底絕望，他們原來早已做好了生涯規畫，但現在乳酪憑空消失，他們的未來該怎麼辦？逃避先生本來冀望成為一名乳酪雕刻師，而他也參加了一個網路函授課程，學得正起勁呢；推諉先生則計畫用一小部分的乳酪，和一個火辣的東歐新娘做交易。現在兩個人的未來都完了。

更糟的是，現在他們的生存也受到威脅了。不用說，缺少賴以維生的乳酪，兩隻壞老鼠肯定變得更凶暴，會更加不擇手段地奪取食物。兩個迷你族人想要對抗兩隻窮凶惡極的囓齒類動物，他們沒有勝算？他們唯一活命的機會，就是從那個不知名的乳酪供應者手中重新拿到乳酪。

他們茫然無望地坐在空曠的儲藏室裡發呆。就在這個時候，推

諉先生又放了個臭得要命的「殺人毒屁」，這也提醒了兩人一個可怕的事實，那就是D區乳酪儲藏室的空氣臭得令人作嘔。

逃避先生因為推諉先生在這種非常時刻還這麼不道德地以毒氣薰臭公共空間而憤怒不已，他也跟著放了一長串又濕又臭的「殺人屁」來還以顏色。推諉先生差點兒被這股臭氣給嗆到，就在他們棄守儲藏室、回

家之前，他在牆上寫了一句話：

第一個聞到屁味的人，就是放屁的人。

逃避先生和推諉先生在第二天早晨重新回到D區乳酪儲藏室。雖然嘴上不說，但他們因為害怕遭受老鼠的突擊而並肩同行。他們看起來精神熠熠，而且信心滿滿，彷彿過了一夜，已消失乳酪會奇蹟般再度出現在儲藏室。他們像往常一樣，分毫不差地重演他們倆第一次發現乳酪的那一天的每一個動作，他們有十足的把握，重複這個流程絕對可以繼續讓他們發現乳酪。

推諉先生很篤定地說，自己可沒忘記一路上要碎碎唸；逃避先生則笑著說，他也記得在氣床後要狠狠地踢床柱一腳，一切就跟他們第一次在D區乳酪儲藏室發現乳酪的那天一模一樣。

當他們抵達D區乳酪儲藏室時，看到屋裡仍然跟他們前一天離開時一樣，完全不見乳酪的蹤影，兩個迷你族人這才發現事情真的不對勁了，開始慌了手腳。

「該死！」推諉先生大叫一聲，「我剛剛幹麼要跟你講話？我應該像平常一樣，邊走邊唸一些沒有意義的音節，直到我抵達這裡為止！」

「說不定我早上踢床柱的力道不夠！」逃避先生說。

「搞不好你根本就忘了踢！」推諉先生不屑地說。

「喂，剛剛可不是我主動你講話的喔！」逃避先生頂了回去。

他們迅速擬定對策，他們決定回家，將整個儀式從頭開始再做一遍。這一次，他們非常慎重地遵照筆記上所記載的方法來實行，

推諉先生低聲喃喃地唸個不停，速度比機關槍還快；而逃避先生也卯足全力，重重地以腳踢床柱，由於力道過大，他因此而踢斷了腳趾骨。

遺憾的是，當他們再次來到儲藏室時，發現裡面仍然是空無一物。

「我們一定要再試一次。」推諉先生大聲宣佈。

逃避先生看了他烏青腫脹的腳趾一眼，小心翼翼地向推諉先生表達自己不願意從頭再來一遍的意願。

逃避先生也沒有閒著，他的腦子裡閃過一個個疑問，例如：「我們為什麼被困在迷宮裡？」、「那些乳酪究竟是從那裡來的？」以及「女人究竟想要什麼？」

推諉先生看他的同伴一眼，認為他已經無可救藥了。是的，他們所居住的迷宮裡也住了兩隻凶惡恐怖的老鼠，那又怎麼樣？逃避先生所問的那些問題並不能幫助他們改善現狀，他們並不需要知道這些問題的答案。推諉先生要的很簡單，他只想活下去，他不想死！

「妙鼻鼠和落跑鼠逃到哪裡去了？」推諉先生這麼問道。

「管牠們去哪裡，」逃避先生回答，「牠們不過是兩隻沒大腦的嚙齒類動物罷了。」

「是啊，不過是兩隻擁有尖牙利齒的嚙齒類動物罷了。」推諉先生駁斥了回去。「我們不能坐以待斃，我們一定要想個辦法。看來，一場人鼠大戰是免不了的，我們趁早做準備吧。」

逃避先生安靜地想了一會兒，說：「不，消失的乳酪一定會再次出現的，因為我們寶貴的學術研究資產，所以我們一定不會有事的。聽我說，觀察迷宮裡的老鼠很稀鬆平常，但是用迷你族人來做迷宮實驗就少見了吧！所以，不管是誰在背後操縱這一切，他絕對不會袖手旁觀、不顧我們死活的。我的結論是，我們什麼都不必做，待在這兒耐心等就好了。」

推諉先生把這段對話詳細地記錄歸檔，雖然這並不是來自逃避先生的另一次威嚇，但它清楚地顯示出逃避先生的不當決策和執行能力的偏差。無論在背後操縱這一切是誰，他應該早就注意到開除逃避先生是有益於整體的事實了吧。

當兩個迷你族人還在原地苦思對策的時候，妙鼻鼠和落跑鼠正因為牠們得以離開那個空氣污濁的D區儲藏室而興奮不已。牠們很快就忘了稍早獵捕迷你族人失敗的經驗，牠們在迷宮裡漫無盡頭的走道上穿梭奔馳，心中只想著一件事，

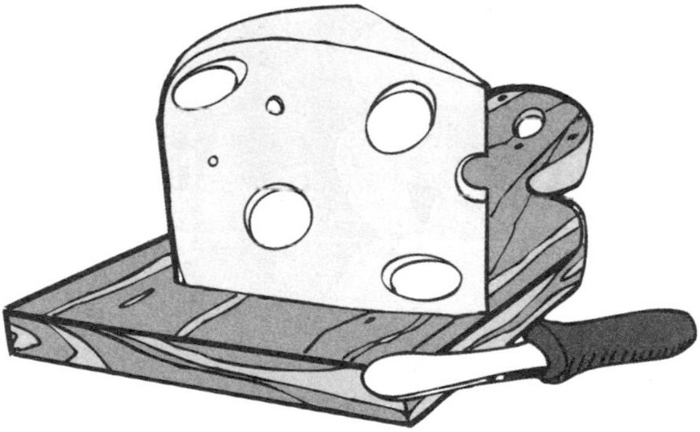

那就是食物。

每當老鼠們發現一個新的乳酪儲藏室，就高興得蹦蹦跳跳的。雖然迷宮裡大部分的儲藏室裡都是空的，但兩隻老鼠還是設法找到了另一個超大型乳酪儲藏室。在這個名為G區香辣乳酪站裡放滿了又香又辣的炸乳酪（chili cheese fries）。

妙鼻鼠和落跑鼠一把抓起香辣炸乳酪，毫不遲疑地大口嚼了起來。嗯，這是牠們有生以來所嚐過最美味的食物，香濃乳酪和了碎牛肉塊一起炸，味道真是好到無法形容。雖然老鼠們被辣味嗆得咳出了眼淚，但牠們不以為意，甚至露出狂喜的表情。牠們終於嚐到了肉味，世界上還有什麼比這個更令棒的？

回到D區乳酪儲藏室，只看見推誘先生和逃避先生像兩個焦躁不安的哈姆雷特似的，不停來回踱步、胡言亂語，但仔細看來，他們內心狂亂的狀態比起正牌的哈姆雷特，是有過之而無不及。推諉先生還在考慮，究竟要立刻衝進迷宮裡和老鼠們決一死戰；還是應該先在乳酪儲藏室裡構築堅強的防禦工事，以防止敵人來襲。逃避先生則堅持假裝這一切可怕的事都不曾發生，想粉飾太平，但他還是經常控制不住情緒而抱頭痛哭，而且他一哭就是好幾個小時之久。

極度飢餓的痛苦折磨著他們的身體，他們的胃袋裡除了成天咕嚕作響的氣體之外，一點兒食物都不剩。逃避先生的臀部又開始蠢蠢欲動了，為了順利排氣，他痛苦地彎下腰，一長串濕濕臭臭的、猶如黃石公園裡溫熱的泥漿噴泉的東西從他的臀部噴洩而出。

「天啊，」推諉先生厲聲說道：「你真是個噁心到家了！」

「第一個聞道屁味的那個人，就是放屁的人。」逃避先生指著牆上，大聲唸出推諉先生所寫的句子。

推諉先生吃吃地笑著，他手中拿了一塊尖銳的石塊，緩緩走向逃避先生。

「不會吧！你該不會……」逃避先生尖叫出聲。

推諉先生並不是要拿石塊攻擊他那令人討厭的夥伴，他只不過是要在牆上寫下了另一句格言。

第一個說屁臭的人，就是放屁的人。

逃避先生緊皺眉頭、瞪著推諉先生。「為什麼你老是要亂寫那些狗屁不通的格言，把牆壁弄得亂七八糟？我們有印表機、也有網路，如果你只是為了傳達你的個人意見，我人就站在你面前，你可以說呀！你在牆上寫這些廢話的目的究竟是什麼？」

「你在牆上寫這些廢話的目的究竟是什麼？」推諉先生模仿逃避先生的語氣。

「天啊，現在你開始跟我玩起遊戲來了。」逃避先生厭煩地說著。

「天啊，現在你開始跟我玩起遊戲來了。」推諉先生說。

「我被困在迷宮裡，裡面沒有任何乳酪，只有充滿敵意的老鼠、和一個只會重複我說的話的低能兒。難怪昨天我會心臟病發作！」逃避先生吼著。

「我被困在迷宮裡，裡面沒有任何乳酪，只有充滿敵意的老

鼠、和一個只會重覆我說的話的低能兒。難怪昨天我會心臟病發作！」推諉先生接著又重複著他的話說。

逃避先生一言不發，他已經很疲倦了，不想再跟推諉先生繼續耗下去。

推諉先生認定自己在這場比試中以經大獲全勝，於是決定發表一場充滿激勵性的演說來代替遊戲。「我有一個夢想，就是有一天我們兩人一起離開這個破舊不堪、空無一物的儲藏室，發現藏在更多更多藏另一個儲藏室裡的乳酪。我有一個夢想，就是有一天我們迷你族人和那些囓齒類動物在壓拉桿時，可以免於遭受電殛的恐懼。我有一個夢想，就是有一天迷宮裡大大小小的走道上可以流著柔軟如奶油的布里乾酪（Brie）。我有一個夢想！就是有一天我那

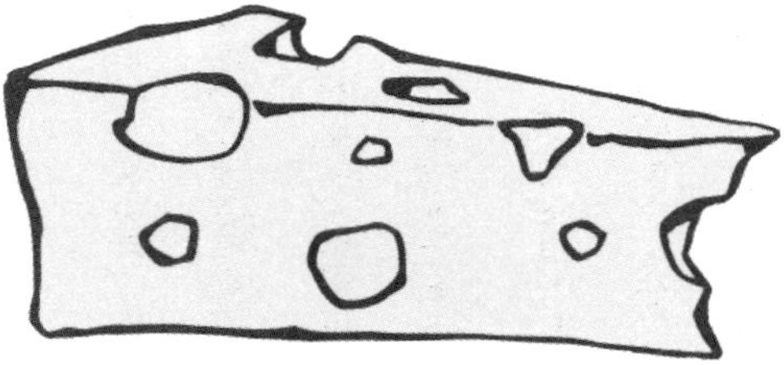

群妖嬌的亞裔啦啦隊小辣妹們可以最神秘煽情的技巧，將按摩油塗滿我的全身、取悅我。我有一個夢想……抱歉，我離題了。我們一定要離開這裡，否則我們必死無疑。相信你不會有異議吧？」

「相信你不會有異議吧？」逃避先生學推諉先生的口氣，重覆著。

「現在換你在學我說話了嗎？」推諉先生不可置信地問。

「現在換你在學我說話了嗎？」逃避先生面帶微笑地說道。現在輪到他給推諉先生點顏色看看了，他這麼想著。

「我叫做逃避先生，我是個令人討厭的大豬頭。」推諉先生得意地說。

逃避先生只能乖乖地閉嘴。

有時候，推諉先生忍不住猜測，妙鼻鼠和落跑鼠會不會已經找到其他乳酪了？他隱約覺得牠們就埋伏在儲藏室外守株待兔，只等著他或逃避先生跨出大門的那一刻。有鑑於此，他們怎麼也不敢離開D區乳酪儲藏室，更不敢回家；而且由於儲藏室裡沒有廁所，現在裡面的空氣已經噁心到無法忍受的程度了。

逃避先生和推諉先生拆了座位間的隔板，以此材料建立了一個小型碉堡；他們甚至挖了一個坑，在裡面插了許多塗滿糞便的長籤，並以活動門巧妙地將陷阱整個掩蓋住。儘管他們擁有堅強的防禦工事，卻仍然無法解決他們欠缺乳酪的困境。

推諉先生將他的履歷表登錄在怪獸網站（monster.com）上，但在履歷表的個人專長項目上，推諉先生除了有豐沛的色情網站相關資訊和超級迷你的身材之外，毫無個人特色，無法引起企業的注意。有一次，真的有個老闆對他有興趣，但對方一聽說推諉先生因為受困於某個住有惡鼠的迷宮中而無法安排面試時間時，便立刻打了退堂鼓。

飢餓和恐懼所形成的壓力對兩個迷你族人所產生的影響開始慢慢顯現出來了，他們在夜裡無法入睡，而且每當他們好不容易慢慢陷入睡眠狀態，就開始作噩夢，夢見被超大尺寸的老鼠一口吞下肚，於是兩人每每在驚叫聲中清醒過來。夜夜不成眠的結果，使得

他們情緒惡劣，像兩個一觸即發的火藥庫，任何風吹草動都可以引發一場大混戰。

他們的性能力也受到嚴重損傷，逃避先生和推諉先生了有嚴重勃起的困難，即使是網路上最香豔刺激的成人電影，也無法引起他們的性趣。憂心忡忡的兩人拼命嘗試各種方法，卻還是無法重振男性雄風。

另一個後遺症就是兩人所施放的臭屁攻擊不但愈趨頻繁，也愈來愈駭人。他們必須先抱著肚子、將頭部緊貼地面之後，才能開始放屁。現在從他們體內所排出的氣體，聞起來已經聞不到乳酪味了，而是不折不扣的殺人毒氣。

推諉先生試著打破緊張狀態，於是在牆壁上寫下：

如果一個房裡只有兩個人，誰切走了乳酪不言而明。

一如往常，逃避先生並不欣賞這種幽默。

「別這樣！」他說，「我想，搞不好我們的乳酪供應者就是被你畫牆上的塗鴉給嚇到了，才停止了乳酪配送。我曾經試著找人送貨過來，但等到現在，什麼都沒等到。」

「那是因為我們被困在一個如地獄般的地下世界裡，而且這裡沒有地址，外面的人當然到不了了。」推諉先生反駁道。

「別動不動就火冒三丈嘛！」逃避先生說。

「聽我說，要是我們不離開這個房間，我們只有死路一條。」推諉先生試著說服同伴。

「寧死不走。」逃避先生回答道。「目前只是乳酪的配送流程

方面出了點小問題，很快就會過去的。我決定留下來繼續等，我勸你最好一起留下吧。」

逃避先生一天比一天更勤奮地工作，只為了向最崇高至上的「乳酪供應者」證明，投資D區乳酪儲藏室是他最明智的決定。他以最正式的格式，撰寫了一篇篇報告，反覆頌揚D區乳酪儲藏室的各種優點；他還費盡心思製作了一張張精美的圖表和投影片，好向決策者展現，D區乳酪儲藏室和其

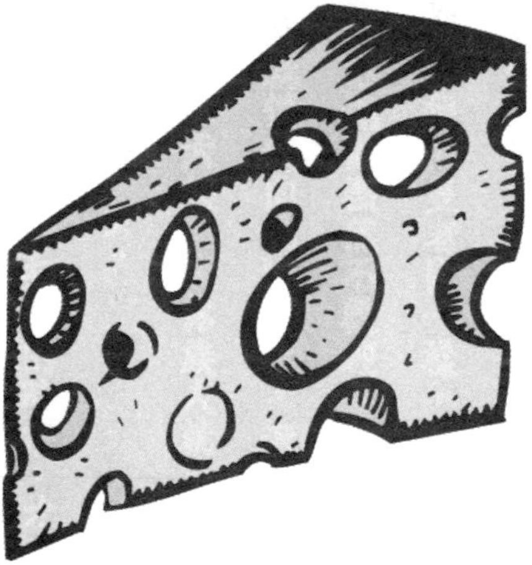

居民所蘊藏的強大發展潛力。

推諉先生評估過聘請專業的顧問公司來協助他度過此一難關的可能性，但不幸的是，較具規模的大公司非常堅持，協助客戶「繼續獲得免費乳酪」這類小事並不在他們的服務範圍內；同時他們拒絕免費提供諮詢服務。當然，偶爾也會有一、兩家公司對這個案子表示興趣，但因為推諉先生無法告知迷宮的位置，他們到不了現場而愛莫能助。

推諉先生最後決定孤注一擲，他決心將D區乳酪儲藏室改成網路公司。他的結論是，他只要在公司名稱之後加上「點com」，就可以吸引投資人的注意，順利吸收大量投資現金。可惜的是，像「迷宮網」（maze.com）或「D區乳酪儲藏室網」

（CheeseDepotD.com）之類的好名字早就被人捷足先登了，還沒被登錄的全是些爛名字。更糟的還在後面，由於推諉先生手邊的電腦軟體非常克難，除了陽春網頁，無法做出任何特效或動畫。少了這些花俏可愛的小東西，公司網頁當然吸引不了投資人的眼光，推諉先生打算從網路上大撈一筆的願望泡湯了。

這時候，推諉先生忽然笑了出來，他說：「如果這一切不是如此荒謬，那一定更有意思，你說是嗎？」

「事實上呢，我認為這句話應該這麼說：如果這一切不是如此荒謬，就不會這麼有意思了。」逃避先生糾正道。「幽默之心源於絕望之境。在貝克特的戲劇裡，你也可以發現同樣的特質，他那部傑作，等待……」（譯註：Samuel Beckett 最著名的戲劇作品，《等

待果陀》Waiting for Godot）

「給我閉嘴，你這個畸形侏儒！」推諉先生再也受不了了。

「只有你這個白痴，才會看什麼都覺得好笑！」

房間裡安靜了一陣子。這時只見推諉先生慢慢地套上慢跑鞋、穿戴上他的慢跑裝備。他因為運動服緊緊勒著他的身體而覺得不舒服，這都得怪他自己不知節制，在D區乳酪儲藏室的黃金時期中增加了太多的體重。

「我決定離開這裡，」推諉先生宣佈。「如果你想來，可以跟我一起走，畢竟要對抗那兩隻兇猛的老鼠，兩個人的勝算比一個人要大得多。」

「哼，算了吧！」逃避先生大喊出聲。「如果你以為我會笨到

自動走進那個死亡陷阱，那你就大錯特錯了。我決定自己留在這裡等，等到乳酪配送系統的問題被解決的那一天為止。」

「根本就沒有什麼乳酪配送系統，你這個大白癡！」推諉先生大喊。

「我跟你說有就有，」逃避先生重申，「拿去，把我的名片收好，要是你在外面遇到了負責迷宮區的經理，叫他盡快以電子郵件或傳呼機跟我聯絡，愈快愈好。一旦乳酪供應

恢復正常，我保證讓這個地方再度興盛起來。」

推諉先生收下名片，放進上衣口袋裡。他抬頭看看殘破不堪的乳酪儲藏室，這個曾經令他驕傲不已的地方，如今看來就像電影：「現代啟示錄」的場景一樣破敗。

「如果逃避先生真的以為這個地方還有機會起死回生，那麼他一定比我所想像的還要來得飢餓。」推諉先生這麼想著。推諉先生拾起自製的金屬刀，不慌不忙、小心翼翼地穿過陷阱，走出了大門。

「喂，我叫你留下來！」逃避先生大叫著，「你不能走，我是你的頂頭上司！該死，我叫你留在這裡！」

推諉先生繼續向外走。

「好，你要走就走！」逃避先生吼著，「我現在就成全你，你給我滾吧！」

推諉先生回頭看了逃避先生餓得憔悴不堪的面容和瘋狂的模樣，在牆上寫下了一句深具啟發性的格言，希望為他的老同伴加油打氣：

你將孤獨地死在這個臭氣瀰漫的髒污之地。

推諉先生將逃避先生甩在腦後，轉身向著迷宮深處走去。儘管他極力壓抑，從他的臉上還是可以清楚看到極度恐懼和不安。

推諉先生很清楚那些老鼠在迷宮裡求生的本能；牠們的眼睛在黑夜裡看得格外清楚，牠們的身體強壯、速度又快，牠們的嗅覺精準靈敏；牠們可能埋伏在任何一個角落，等待最佳機會發動攻擊。

推諉先生認為，如果一次面對一隻老鼠，或許憑著手中的尖刀，他還有打贏的機會；但若兩隻老鼠一起上，他肯定只有死路一條。

推諉先生回頭看了D區乳酪儲藏室一眼，在機關和碉堡的保護之下的確很安全，但留在那裡，他絕對沒有活命的希望。有時候，他隱約覺得，除了自己和逃避先生之外，還有第三個人和他們一起躲在儲藏室裡，這個人就是死神。不，他不能留在那兒，他必須重新走進迷宮，才能繼續活下去。

推諉先生在牆上寫下另一句感言，望著那句話，他覺得感慨良多。

對於未知之事，你應該覺得恐懼。

他盯著自己親手寫下的訊息，覺得心中的恐懼又增加了幾分。

推諉先生知道，適度的恐懼不是件壞事，他也明白「棍子與紅蘿蔔」的理論，除了獎賞，畏懼也是促使我們前進的力量之一。然而他非常清楚自己此刻的感覺，他知道恐懼已經充滿了體內每一個神經和細胞；這股力量幾乎令他窒息，也快要撕裂他的靈魂。如果恐懼已經強烈到這種程度，那肯定是有害無益的。推諉先生也知道，在這個如陰曹地府般的迷宮裡，除了那裡兩隻惡鼠之外，他是孤立無援的。

他還是決定不顧一切的向前跑，他邊跑邊發出狂亂的尖叫。

他跑了又跑，不知道被地上的裂縫絆倒了多少次，也不知道撞了幾次牆壁。他就這麼跑了大約十分鐘，直到體內被恐懼所激發的腎上腺素停止大量分泌才停歇。他重重地癱倒在地上，低聲啜泣、胸口劇烈起伏著。他就這麼停了一會兒，靜聽四周的聲音。他唯一能聽到的，是自己的心臟砰兵跳動的聲音，那是他的心臟為了將新鮮的血液打進他那早已被乳酪所硬化的動脈時，所發出的猛烈撞擊聲。

推諉先生對自己發誓，如果他有機會在另一個乳酪儲藏室安頓下來，他一定要規律地運動，絕不會再次浪費所有時間在色情網站

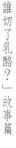

和網路聊天室。推諉先生很清楚自己是哪種人，他知道自己絕不可能放棄他的矮人美女；他哪裡是在跟上帝討價還價，他根本是在欺騙上帝嘛！想到這一點，他苦澀地笑了。

其後的一星期內，推諉先生的確在這裡或那裡發現了一些小小的乳酪塊，但這些還不夠讓他活命。比較一下他在迷宮深處所冒的各種危險，和他所得到的乳酪，推諉先生好像虧大了。

有時候他會在走廊上發現一些老鼠屎，但他無法根據風化的程度來判斷經過的時間。這些玩意兒看來好像是又乾又硬，但老鼠屎變乾變硬的速度有多快？搞不好那是快乾屎也說不定！

三不五時，推諉先生就會經過個踏板或拉桿，但很不幸的，這些踏板全都長成同一個樣子，所以他無法判斷踩下哪個踏板會接通強烈的電流將他電得全身亂顫，哪個踏板可以讓他得到一小塊乳酪。在經歷一次超級恐怖的電擊之後，他決定在拉桿上方的牆上寫下他的心得：

逃避先生，請拉此桿。

一想到親愛的同志被電得皮開肉綻的模樣，推諉先生便忍不住咧嘴笑了出來。

推諉先生非常清楚，從現在開始，他必須全神灌注、隨時提高警覺，就連一秒鐘也不能放鬆。在這個弱肉強食的迷宮世界裡，一秒鐘的分神也可能要了他的命。想到這一點，就讓推諉先生興奮了起來，自從幾個星期前斷糧以來，他第一次覺得自己的小弟弟好像產生了反應。

他決定犒賞自己一下，便稍稍發洩了一下，享受重振男性雄風的快感，又睡了一個長長的午睡補充體力之後，才重新走進漆黑的通道。推諉先生好不容易發現一個巨大的乳酪儲藏室，但是看來好像已經廢棄不用了，而且裡面也沒有乳酪了。除了一些老鼠屎之外，什麼都不剩。根據留在牆壁上的爪印和地上已經乾硬的糞便來判斷，老鼠們已經拜訪過這個乳酪儲藏室了。

推諉先生發現一部跑步機，於是運動了好一會兒，但他忽然想到，自己已經餓得發昏了，幹麼還要跑步、平白浪費三百大卡的能量？他從機器上跳下來，懊惱自己竟然如此愚蠢。

他一一檢查儲藏室裡的櫥櫃，竟讓他發現一大盒尚未拆封燕麥片，想不到還有食物逃過老鼠們的魔掌！推諉先生立刻撕開包裝，大口大口地吞，這些纖維質很快就填滿了他的胃。

沒過多久，他的胃開始發出咕嚕咕嚕的怪聲。這都是因為推諉先生一開始連續吃了好幾個星期的乳酪大餐，緊接又是好幾個星期的斷食；這突如其來的大量纖維質令他的腸胃無法負荷。顯然，像這種時候，大口吞食穀類麥片並非明智之舉。

已經來不及了。

推諉先生衝向儲藏室裡一間廢棄不用的廁所，但發現門被鎖上了，打不開。他抱著肚子勉強忍耐著不拉出來，但他也因此而痛得站不起身。

等到這一陣劇烈的胃痛稍稍緩歇後，為了提醒自己，他在牆上寫下了這句話：

食用過多穀類食品，可能導致危險。

推諉先生強忍著便意繼續向前走，希望盡快找到廁所。眼看情況愈來愈危急，他已經快撐不下去了，他每跨出一步，就覺得自己又向肛門爆裂的臨界點走近一步。

這時後，他放了一個無聲殺人屁，一個真的可以臭死人的屁。推諉先生不但沒有被臭得雙腳癱軟，相反地，他繼續向前走。這和

他在D區儲藏室時動不動就被薰得頭昏眼花的模樣，真是天壤之別！剎那間，他有重獲自由的感覺，他禁閉的心被解放了。就是這樣，只要他繼續移動，不停在同一個地點，任何時間他想放屁都可以不受限制！

對呀，他為什麼要忍著不放屁？那些老鼠從來都是想做什麼就去做，迷宮裡隨處可見的老鼠大便就是最好的證明。先前推諉先生從來沒想過隨地大小便，他總是守規矩地到廁所解決。在D區乳酪儲藏室時，他和逃避先生被迫在角落的臨時廁所裡解決大小便，光是這樣就讓他覺得受不了。但是現在，他的想法變了，只要他喜歡，迷宮裡任何一角都可以成為他的廁所。他可以完全聽任本能行動。

推諉先生的臉上掛著笑容，走到房間的正中央，脫下長褲，就地方便了起來。的確，這種行為既讓人無法恭維也無法忍受，但反正他不會再回到這裡，那又何妨？

好不容易，他辦完事了。為了替這個奇妙的心靈解放經驗留下紀念，他決定臨走前在牆壁上寫下他的感想：

享受排便的樂趣。

排泄掉體內的廢物之後，推諉先生覺得身體輕盈了不少。長久以來，他因為找不到廁所而吃足了苦頭，但現在一切都不同了，他可以全心全力朝著目標邁進，沒有什麼可以阻擋他的腳步。

推諉先生宛如一隻蝴蝶般的輕盈漫舞，從一個房間逛過另一個。他體認到原來所有的社會禁忌，都是來自社會壓力。現在，再也沒有什麼能夠束縛他了，他可以完全隨本能而反應，不受任何文明禮教的規範。從那一天開始，他的乳酪搜尋過程變得有趣多了。

每當推諉先生沉浸在自己所編織的幻想世界時，更是快樂得不得了。在他的阿拉伯綺夢裡，他身著鮮豔亮麗的華服，無數巨無霸乳酪塊堆存在他的乳酪儲藏室裡。還有覆著絲質面紗的女奴手捧極品布里乾酪，婀娜多姿地走向他，用甜膩的聲音說：「親愛的主人，求求您，以您的舌頭將鋪在我堅實平坦的小腹上的乳酪舔去吧。」這些女孩中，有五官細緻、身材曼妙的矮人族少女，也有從白人奴隸市場上交易來的北歐美女，每一個都讓他愛不釋手。

在他的幻想世界裡，他是無敵的，所有人都懼怕他。在房間兩側的牆上，高高掛著妙鼻鼠和落跑鼠的腦袋；而逃避先生雖然還活

著，也被緊鎖在宮殿深處的地牢裡。要是推諉先生興致來了，就下去探訪昔日一起在儲藏室裡患難的老友；看著他特別從中國聘來的大內高手以千刀萬剮的酷刑將逃避先生折磨得死去活來，他打從心底笑了出來。哪天推諉先生心情好的時候，說不定會賜死逃避先生，讓他少吃點苦頭；但推諉先生很清楚，正因為這種折磨實在太殘酷，他才捨不得讓逃避先生獲得解脫呢！逃避先生肯定會一心求死，但沒有用，他得乖乖待在那裡受苦。

推諉先生愈幻想他的乳酪天堂，他就愈相信這一切終會成真。於是他寫下：

想像自己一邊享用乳酪，一邊折磨我的患難之交的痛快。

推諉先生對於未來非常樂觀積極。他知道那段在D區乳酪儲藏室的日子並不風光。不錯，那裡的高速網路連結的確讓他爽到了，但比起現實生活中所面臨的重重難關，如面臨凶惡嗜血的嚙齒類動物的威脅、挨餓到瀕臨死亡的恐懼、在糞坑十碼遠的地方睡覺的噁心，這點小快樂根本算不了什麼。

不久之後，推諉先生發現了一間小型乳酪儲藏室，裡面堆些乳酪塊。推諉先生看見每一塊乳酪上都插著尖銳的牙籤，他不確定這是哪一種乳酪，但其中一個較大的乳酪塊上蓋了「國家盈餘」的字樣，於是他確定這是安全可食用的乳酪。

在飽餐一頓之後，他將牙籤收集起來，放進背包裡。接著，他又在口袋裡塞了幾塊吃剩的乳酪。他決定回D區乳酪儲藏室去看看，順便向逃避先生炫耀一番。

推諉先生把沿路上有發出陣陣惡臭的糞便當作路標，毫不費力地走回D區乳酪儲藏室。很顯然地，在他離開後，逃避先生還是不曾踏出碉堡一步。推諉先生的鼻子很快就適應了儲藏室的氣味，他輕鬆穿過機關，走向藏身在碉堡之後的逃避先生。

推諉先生發現，不只是逃避先生，就連碉堡裡的佈置都變樣了。逃避先生已經將自己打扮成一個牧師的模樣，他把從網路上下載列印的折價券撕成長條狀，再以編織草裙的方式做成袍子披在身上。他還用混凝紙做成好幾輛快遞公司的送貨車，並在周圍放滿了用牙線和呆伯特減壓玩具上拆下來的零件所製作的許願燭。

推諉先生將他在迷宮裡找到的乳酪展示給逃避先生看，他嘲弄逃避先生、並向他炫耀自己的戰利品；但逃避先生完全不為所動。

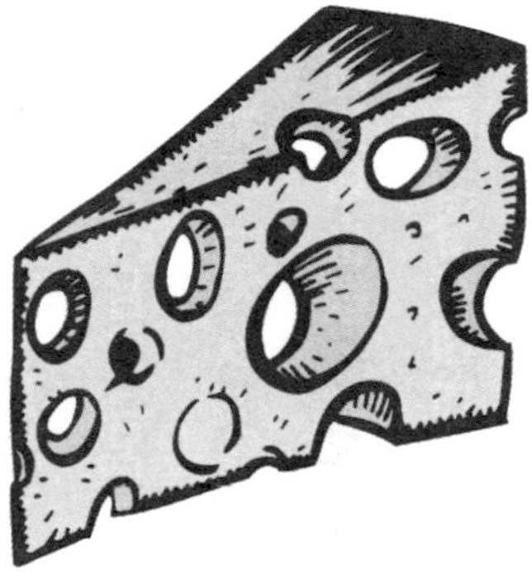

「我不要什麼政府乳酪，我只要史地頓乾酪。」

「但是你已經餓得不成人形了呀！」推諉先生提醒他。

「別擔心，我一定會要回我的乳酪的。」逃避先生回答道，「我不曾犯過任何錯誤；我為了讓高層息怒，還佈置了一個神壇來崇拜他。現在我也開始抗爭行動了。我寫信給高層主管機關，也在網路上新聞討論群、聊天室談論這件事。我要讓上面知道，他們不應該如此錯待我！」

推諉先生拿出他那塊尖銳的石頭，走向牆壁。「別傻了，在過去這幾個星期裡，你還搞不懂這個道裡嗎？

抵抗是徒勞無功的。

「你為什麼要這麼做？」逃避先生焦躁地問。

「我做了什麼？」

「在牆上塗鴉！我人就站在你的面前，如果你有話要說，可以直接告訴我，何必多此一舉、在牆壁上鬼畫符？你實在太沒規矩了！你就是那種自以為是、愛耍小聰明的討厭鬼。」

「那你就是那種會為了雞毛蒜皮的小事，就爭得臉紅脖子粗的傢伙。」推諉先生駁斥道。

「對，我就是這種人。」

「我再說一次，你要是堅決不肯離開這裡，就等著餓死吧。」

「老兄，你真是大錯特錯！我已經找到一個賣乳酪網站了，而且下了訂單，我的乳酪很快就會送來，ROTFLMAO，哈哈！」

「你剛剛最後說什麼？我怎麼完全聽不懂？」推諉先生問道。

「抱歉，我忘了你已經跟不上時代潮流了！我最近幾乎都耗在網路聊天室裡，用慣了網路語言，跟你講話一下子轉不過來，難怪你聽不懂。總而言之，這是我的網友所提供的情報就對了。」

「我們以前就試過了上網下訂單這種方法了呀！結果因為我們連這裡的地址都不知道，貨才沒送到的，不是嗎？你這個白痴！」推諉先生不可置信地大吼著。

「你這種態度實在太沒有禮貌了，要是你再繼續這樣說話，我一定會向服管部檢舉你！」

「服管部又是什麼玩意兒？」

「服務管理部」逃避先生驕傲地說。「你完了，你已經嚴重違反網路規章了。」

「我根本就沒有上線！」推諉先生說，「我正在跟你這個沒大腦又餓得發瘋的矮人說話！」

「我受夠了！不准你拿我的身高開玩笑！從現在開始，我再也不要跟你說話了。」逃避先生大聲地說，接著便轉向他那些劈啪作響的蠟燭，不再理會推諉先生。

推諉先生在心裡恥笑他的老朋友，滿心愉悅地走出儲藏室大門。在離開時，他寫下了：

你可以嘲笑自己，但段數高的人則可嘲弄他人。

就像愛斯基摩人用各式各樣的名字來稱呼雪一樣，德文裡也有一籮筐的字彙來形容不幸。以德文的興災樂禍（Schqdenfreude）來形容推諉先生此刻的心情，是再貼切不過了；因為他正為了其他人的不幸而感到快樂。他到現在才真正明白，自己過去有多愚蠢！不但傻傻地守著那個資源乾涸的乳酪儲藏室，還替一個遇到壓力就亂了手腳、舉止失措的人做事，這段經歷真是他一輩子最大的恥辱！

逃避先生的失敗讓他笑了好久，在回去之前，他曾預期見到逃避先生挨餓的樣子，但他沒想到逃避先生已經餓瘋了！就把它當作額外收穫吧。逃避先生告訴自己，要是他無法將D區乳酪儲藏室的沒落的原因歸咎於一個像逃避先生的瘋子身上，他還不如跟著逃避先生一起沉淪算了。想通這個道理之後，一切就變得很簡單了。眼

前推諉先生唯一的困擾，就是該上那兒找高層主管打小報告？

滿心歡喜的推諉先生心中還是有一絲絲的罪惡感存在，因為他知道逃避先生極需他伸出援手。萬一哪天逃避先生決定走出儲藏室時會需要他的建議，推諉先生決定在牆上寫下他在剛剛才領悟的人生真理：

沉迷於自己的屎尿堆裡是不好的。

「沒有人會否認這一

點吧！」推諉先生得意地笑著，輕快地在走廊上跳躍前進著，再次向迷宮深處前進。

在「政府乳酪」之後，他還沒發現任何新乳酪，他也一直沒有碰到那兩隻令人厭惡的老鼠。但只要想到自己正在一步步向前邁進，而逃避先生卻停在原地，把自己埋進愈來愈深的坑裡，他就覺得心情好多了。

推諉先生確信，他已經蒐集到足夠的證據，足以讓逃避先生看來像個態度惡劣、精神萎靡、不適任、而且還拜假神的失敗者。相對地，他為自己所塑造的形象則是試圖打破僵局、解決問題的積極角色。形象的不同將是決定他們倆未來命運的關鍵。

推諉先生認為逃避先生應該為D區乳酪儲藏室的衰敗負全部責

任。誰教逃避先生吃光了原本應屬於自己所有的乳酪，現在陷入瘋狂狀態，只能留在原地挨餓等死的狀態，不過是他應得的報應罷了。

或許有些人覺得推諉先生眼見逃避先生已瀕臨死亡仍棄之不顧，是背棄同伴的行為，但他對逃避先生並沒有照顧的責任呀。再說，他不是也帶了好幾塊吃剩的碎乳酪給逃避先生嗎？誰說他有保護兄弟的義務？慢著，逃避先生根本就不是他的親兄弟，他那有什麼責任？

於是他寫下了：

手中沒有乳酪的人，不配擁有乳酪。

現在，推諉先生一切得靠自己了，他很清楚自己的行事原則：

自我優先。

他快步在迷宮裡穿梭，到處搜尋食物。他把自己曾經寫在牆壁上的的名言錦句全部回想了一遍，他發現到，只要把每一句格言都變成一個章節的標題，他現有的已經夠完成一篇小說了。他不必真的編什麼故事，就可以寫成一本小書，這不是太棒了嗎！他帶著笑容在牆上寫著：

寫本小書最好的方法，就是每隔幾頁就換新章節。

推諉先生繼續在迷宮裡穿梭，他愈來愈有自信。他每天不但慢跑好幾公里，而且還遵循嚴格的純乳酪攝食法，因此，看到推諉先生，你會以為自己看到阿金博士的飲食控制海報上的模特兒呢（譯註：阿金博士原名為Dr. Robert Atkins，他因提倡特殊的體重控制法而聲

名大噪，在他的食譜大量列舉脂肪和蛋白質類食物，但嚴格限制碳水化合物的攝取）。他的身材就像健美先生一樣壯碩，唯一的小遺憾是，他的身高只有五英吋高，這正是一個專業模特兒最忌諱的身高。

撇開令人懊惱的身高問題，推諉先生看起來神采飛揚，簡直就是活生生從營養補充食品包盒上走出來的猛男一樣，增一分太壯碩、少一分嫌太瘦弱。

坦白說，純乳酪飲食的結果，已經嚴重損壞推諉先生的腎臟和肝臟的機能。儘管推諉先生每天持續運動健身，他的動脈還是硬化得很厲害，即便是和性致勃勃的青少年堅硬的胯下的相比，都還要略勝一籌。同時，由於這幾個星期以來，推諉先生連最基本的牙齒清潔與保健工作都沒有做，所以，若以化糞池來比擬推諉先生的口氣，真是一點兒都不誇張。

雖然如此，推諉先生仍然以迷宮的王者自居。他唯一的遺憾，就是迷宮裡缺少一面全身鏡，害得他閒來無事時，沒辦法擺幾個帥氣的裸體姿勢、攬鏡自娛。有時候，他甚至想像自己的靈魂可以從他的身體抽離，好從對面仔細欣賞自己完美的體態。

有一天，當推諉先生正在練習舉重，他像螃蟹一樣曲著雙腿、全身肌肉緊繃疼痛，他下巴抬得高高的、兩眼發直、咬緊牙關，用盡全身的力氣想要舉起槓鈴。就在這個時候，推諉先生看到一個牌子，上面寫著「G區香辣乳酪站」。

他非常興奮地跑進去，驚喜地發現儲藏室裡堆滿了一座又一座的乳酪山，有香辣炸乳酪、超大的義大利戈根索拉乳酪（Gorgonzo-

la）、乳酪塊、老鼠、乳酪餅、沾醬乳酪、老鼠、希臘菲達乳酪（feta cheese），老鼠?‧是那兩隻又大又壞的老鼠！

推諉先生因為儲藏室裡豐富的乳酪除藏量而震驚不已，除了乳酪，他的眼睛只看得到乳酪，直到妙鼻鼠和落跑鼠幾乎撲到他身上時，他才注意到房間裡還有牠們的存在。他揮舞手中的金屬刀，想找機會刺進落跑鼠的肚子裡，但他還來不及出手，就被老鼠們掠倒在地上了。

兩隻老鼠齜牙裂嘴地示威，推諉先生大步退後。大概是G區香辣乳酪站養尊處優慣了，老鼠們似乎收斂了一點暴戾之氣；而老鼠先生也驚訝於推諉先生那一身結實的肌肉。推諉先生手腳並用，手中的利刃揮向老鼠的眼睛的同時，還順便踢了老鼠的鼠蹊部一腿。

推諉先生的腎上腺素在此刻飆到最高點，有如天助神力般勇猛無比。可惜的是，雖然推諉先生是一個人有十個人的力量，但因為他是迷你族人，所以只相當於十個小矮人而已。

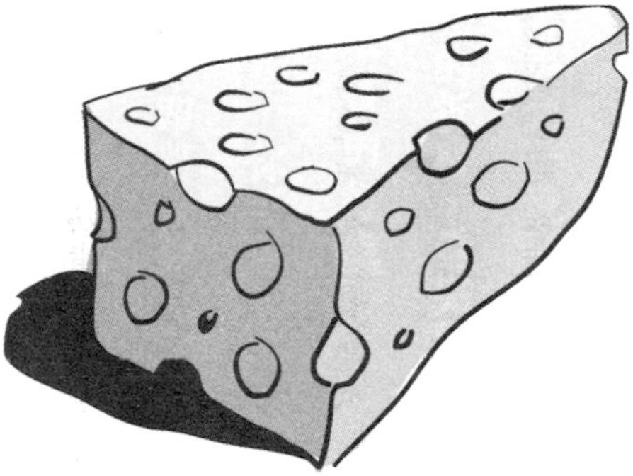

儘管推諉先生如此勇猛，但情勢還是對老鼠有利。照這樣下去，推諉先生被牠們生吞活剝，不過是時間問題而已。

正當他們在地上扭打成一團的時候，推諉先生抓起一根牙籤，用力刺向妙鼻鼠，當場就戳瞎牠的一隻眼睛。妙鼻鼠痛得大叫出聲，不得不從這場混戰中脫身；而落跑鼠看到夥伴被傷成這副德性，牠也無心戀戰，逮到機會就跟著溜了。

「你們是怎麼啦？該不會是這裡的乳酪不合你們的口味吧？」推諉先生得意洋洋地示威。

推諉先生雖然還活著，但這場惡鬥也讓他元氣大傷。他將上衣撕成長條，做成止血帶和繃帶，用來止住不斷從傷口汩汩湧出的鮮血。這點小傷無損推諉先生的鬥志，他拾起附近那把尖

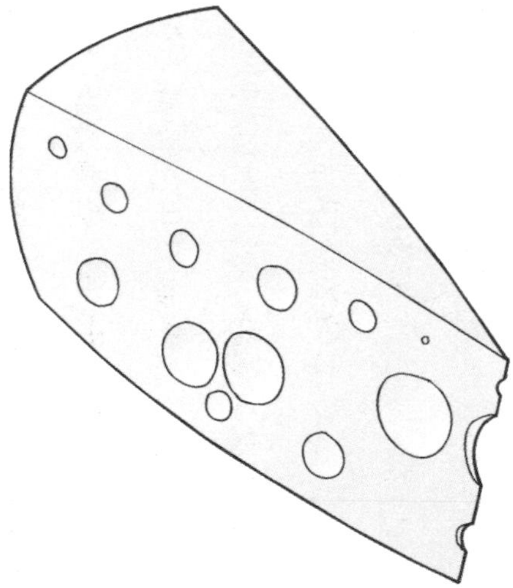

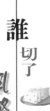

銳的乳酪刀作為防身利器，提早為下一場大戰做準備。

老鼠們也沒閒著，正在努力重整旗鼓。這一戰由於牠們太過於大意，低估了推諉先生的實力而損失慘重。妙鼻鼠雖然因為眼睛傷口的疼痛還在輕輕抽咽著，但早已牠冷靜地將牙籤從傷口拔了出來，心裡也已經開始盤算該如何捲土重來。兩隻老鼠的最新戰略是兩邊包抄，牠們緩緩朝著推諉先生所在的方向移動。

推諉先生知道，是如果他不能盡快想出一個脫身之計，他和兩隻老鼠之間免不了還要來一場生死大戰。好不容易，推諉先生的小腦袋瓜想出一個辦法，雖然是險招，但這是他唯一的機會。

「你們先聽我說！」推諉先生試著和老鼠交談，「我知道你們對迷你族人是深惡痛覺，把我們當成敵人和危險分子，而且你們認

定是我們把D區乳酪儲藏室搞成一片廢墟的，沒錯吧，現在你們擔心我一過來，G區香辣乳酪站又會被摧毀，到時候你們又要開始有一餐沒一餐的日子。這就是你們必須殺了我的原因，我說的對不對？」

老鼠們只能不斷點頭。

「讓我把事實告訴你們吧。我是無辜的，而且對你們是無害的，D區乳酪儲藏室的事與我無關，真正該負責的人是逃避先生！他是我的老闆，都是因為他犯了嚴重的管理錯誤才會讓整個儲藏室的乳酪消失的，他才是罪魁禍首。不信你們看這個……」

推諉先生把逃避先生自己印製的名片遞給兩隻老鼠，名片上印著：「逃避先生，D區乳酪儲藏室經理」。

落跑鼠仔細地檢查名片，妙鼻鼠瞄了名片一眼，又繼續護理牠那隻受傷的眼睛。

「他才是一切的亂源！」推諉先生抱怨著。「就是他，他毀了整個乳酪儲藏室！要是我們把他弄走了，這個迷宮就會恢復正常。」

兩隻老鼠點點頭表示贊成。

很快地，推諉先生領著妙鼻鼠和落跑鼠回到D區乳酪儲藏室的出入口。推諉先生打的如意算盤是兩隻老鼠會在看到逃避先生的後立刻衝上前，毫不留情地解決他那早已餓得奄奄一息的朋友。但老鼠們顯然被眼巨大的糞坑陷阱給嚇住了。迫於無奈，推諉先生只得自己動手了。

推諉先生小心翼翼地避開陷阱上的機關，走進儲藏室的大廳，

他發現D區乳酪儲藏室又變了個樣子。那些用混凝紙做的東西已經被燒掉了，所有的獻祭蠟燭也被摧毀了，逃避先生的名片和個人履歷也成了一堆絞碎的廢紙。

逃避先生從辦公桌的後面慢慢把頭伸出來，他蒼白憔悴的臉上厚厚地覆蓋著一層糞便，好像戴面具、又好像在敷臉。

「你是回來取我性命的嗎？」逃避先生口氣微弱地問道。

推諉先生早已費盡心思設計了一個必殺計畫，他原來打算以一片乳酪為餌，把逃避先生引誘到容易下手的地方，再讓老鼠們解決他，但現在看來，似乎沒有必要這麼大費周章。即使他或老鼠們不動手，逃避先生也活不了多久了。

「你怎麼會這麼想呢？」推諉先生故作無辜地問。

「我知道你一直在垂涎這個經理的職位。」

「我的確很想當經理，但照現在的情形看來，我似乎不必等太久。」

「是的，我快死了，我很清楚這一點。有一件事很重要，我一定要告訴你。這段時間裡我四處打聽消息，也利用網路做了一些研究；我的結論是，根本沒有什麼公司，也沒有總裁。有人把我們困在這裡，是為了利用我們進行一項恐怖的實驗，所以我們一定要逃出去才能活命。」

推諉先生張望四周，發現儲藏室的牆壁、地板、以及天花板全部是千瘡百孔，上面佈滿了成千上萬個小洞。

「我試著想逃離這兒，」逃避先生繼續著，「這種迷宮實驗太

不人道了，設計這個迷宮的人為了某種個人目的而玩弄我們，我們和妙鼻鼠、落跑鼠沒有兩樣，不過是他的實驗道具罷了！那個控制迷宮的最高權威，應該被抓去接受刑事審判。」

逃避先生的氣息愈來愈衰弱了，急速喘息的嘶嘶聲，讓本來就微弱的聲音變得更加模糊難辨。「他們把我們兩個變成又髒又臭的實驗室動物……」他的眼睛向上翻，聲音愈飄愈遠。推諉先生幾乎把耳朵貼上逃避先生的唇邊，才聽到他最後的遺言：「太可怕了！太可怕了！」

推諉先生將逃避先生的死因想了好一會兒。他所歸納出的結論是，如果逃避先生生前把他想東想西的時間拿來尋找乳酪，他現在一定還活得好好的。推諉先生轉過身，在牆壁上寫下自己從這個迷宮裡所學到的教訓：

- 碰巧發現乳酪時，有時每個人都會切走一些。
- 藏好你的乳酪。刻意製造機會，展現自己最好的一面；並盡量讓其他人出醜，顯得他完全不具備經營管理酪農業的本領。
- 不死守一地。人生就像是場宴會，沒有乳酪的地方絕不戀棧，除非你要留下來打掃。

•乳酪至上。如過你的同伴只會拖累你的腳步，立刻甩了他，直接奔向下一塊乳酪。

•絕不質疑。花時間和精神追查乳酪的配送系統運作方式只是浪費時間，因為這種問題永遠無解。抗拒是徒勞無功的，只有奴隸式的服從才能提高生產力。

•眼睛緊盯著乳酪。親眼看著你的競爭對手倒下，是將所有乳酪歸為己有的第一步。

•切走乳酪的永遠被其他人。萬一失敗了，一定要找個替死鬼揹黑鍋，以求自保。

推諉先生將逃避先生的屍體拖到門口，奉送給老鼠們。牠們兇猛地手口並用、把逃避先生的屍體碎屍萬段，嘶咬成一大片、一大片的肉塊。

妙鼻鼠和落跑鼠太過專注於解決逃避先生的屍體，一點都沒有注意到推諉先生手裡握著一把尖銳的剃刀，從背後悄悄接近。推諉先生一刀用力刺進落跑鼠的背，一刀斃命；接著推諉先生迅速轉身瞪著嚇呆了的妙鼻鼠，在牠還來不及叫出聲之前，迅速劃開牠的喉嚨。

推諉先生看著自己的成果，滿意地笑了起來。

他才是迷宮之王！

他走到印表機的旁邊，替自己製作了新名片，上面印著：「推諉先生，迷宮公司總裁」。從以前到現在，推諉先生一直搞不懂，

為什麼逃避先生會滿足於當個小經理？

這個時候，推諉先生聽到了一個他從來沒聽過的怪聲音，從聲音來判斷，好像有人正在掀開迷宮的屋頂。難道是乳酪供應者恢復乳酪補給的前兆嗎？或者他即將獲得升遷？還是他要被調職，轉換跑道？

一隻戴著橡膠手套的大手從天花板伸進來，在推諉先生被抓起之前，他在牆壁

上寫下了最後一句話，萬一哪天他重新回到迷宮時，還可以用來激勵自己呢。他寫道：

抱著最多乳酪而死的人是贏家。

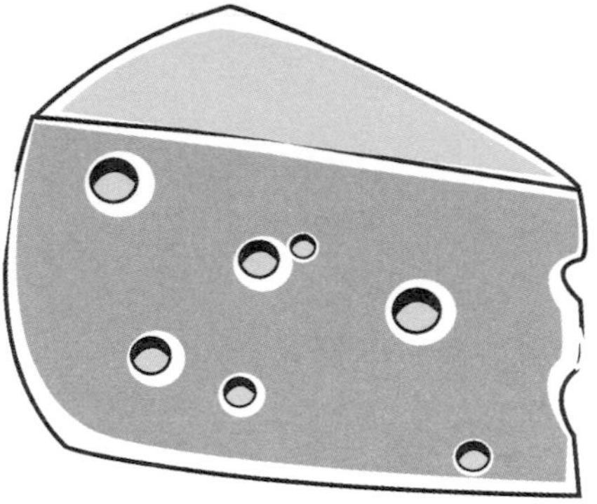

會後討論

會後討論

當天稍晚

路易斯說完這個故事之後，抬起頭看看身邊的老同學們，他們一個個傻傻地看著他，什麼話也說不出話來。他們的眼睛因為訝異而瞪得老大，嘴巴也張得大大的闔不攏，就好像他們的胃部被人重重打了一拳似的。

路易斯早就猜到會是這樣，每一次當他說完這個故事時，聽眾的反應總是這樣，路易斯認為這表示聽眾相當滿意他的小故事。

每到這時候，他也會特別留意，看看是否有人會因為被故事感動而準備請他到公司去開課，替全公司的人激勵打氣。於是他問道：「有沒有人想要繼續留下來，再多聊一聊這個故事呢？」

當年班上最愛疑神疑鬼的湯姆（這種人在班上的地位，比起搞笑小丑型人物要低個好幾個等級，大概只有那些功利主義分子更被大家所厭惡吧），他一臉嫌惡地搖搖頭說：「多聊聊這個主題？」他看來似乎非常生氣，「你該不會是在開玩笑吧？剛剛大家聽你囉唆了一個小時還不夠嗎？你講了半天，重點還不就是『人無法抗拒改變，但你可以將失敗的責任怪罪到其他人身上』嘛！」

「嘿，湯姆，你幹麼這麼衝呢？」糖糖頂了回去。她將眼光投向路易斯，有別於平日的超酷舞孃臉的溫柔的神情，不知情的人可能會以為她仍然相信男人呢。「我喜歡你的故事，路易斯，今晚我不必上班，我有整晚的時間繼續跟你聊。我記得你說過，你是公司總裁，對吧？」

「是的，我的確是公司總裁。」路易斯咯咯地笑，「如果湯姆或其他人希望和我多談談這本書，我有的是時間。糖糖，待會兒我們可以私下聊，就妳跟我兩個人。」

路易斯轉向湯姆，對他說道：「我發現一件很有趣的事，你知道嗎，對這個故事最不屑一顧的人，往往是能從這個故事裡獲益的那些人！但可惜的是，他們往往沒有發現這一點。」

湯姆當然也聽懂了路易斯的絃外之音。「你是在告訴我，那些批評你的人都是些不折不扣的傻子囉？」

「完全正確。」路易斯回答道。

有鑒於成長過程中那些不愉快的經歷，糖糖格外害怕碰到對立衝突的場面。她不加思索地跳出來打圓場：「那……大家覺得自己比較像故事裡哪一個主角？」

「嗯哼，」佩卓首先開口，「曾經有一陣子，我開了一家法律事務所……」

「等一下，這是什麼新名詞嗎？幫賣墨西哥捲餅的攤子取了個

繞口的名字嗎？」珍從中打斷。在路易斯講故事的時候，她不停的喝酒；現在不過是午餐時間，她已經差不多喝醉了。

跟高中時代一樣，佩卓假裝沒聽到其他人故意嘲諷他的拉丁背景，「嗯……那個，我是說，我以前在一家除草公司待過。」

「這話聽起來還比較像樣點。」珍乘勝追擊。

「有一次，我們被迫做一個大改變，」佩卓繼續說，「公司老闆換人之後，新老闆決定裁掉全部正式員工，以非法移民代替；因為這樣一來公司只要付比基本工資還要低廉的薪水就夠了。」

「這個決定有影響到你嗎？」珍問道。

「珍，我和妳一樣是道道地地的美國人呀！」佩卓焦躁地說，「所以，我被公司開除了。」

「呦！」珍笑著說，

「現在是講到『誰搬走我的墨西哥捲餅』了吧？」

佩卓決定不理她，

「那個時候，我真的好生氣。我知道那時的我沒有妙鼻鼠或落跑鼠那麼靈

光，立刻察覺到『改變』的發生。當我聽說這件事的時候，我並沒有馬上開始找新的工作，我跟逃避先生一樣，到處寄抗議信，我還告訴公司老闆，他不應該故意壓低工資剝削非法移民。我想，我不應該被這些瑣碎的小事情所絆住，應該把這一切都怪罪到那些非法

移民的頭上，然後繼續向我的目標前進就對了。」

「完全正確！」路易斯頻頻點頭。

「你們真的瘋了！」湯姆不已為然地說，「你們老闆至少也要付最低工資的給那些人吧，他這麼做是違法的！」

班上的華裔學生李祥協原來是頂尖的核子物理學者，但最近他的情況不太好，因為他的主管懷疑他替中國方面從事間諜工作。李祥協一直在思考剛剛路易斯所講的那些話。

「你的意思是，我們應該盡其所能地將失敗的責任都歸咎於那些弱勢的、不幸的、受壓迫的人身上囉？」李祥協不確定地問。

「不全然正確，」路易斯回答道，「正確地說，任何時候，你都可以將失敗的責任推到那些弱勢者身上。所以，想要自保最好的辦法，就是確定你的周圍隨時都有這種倒楣鬼存在。但最厲害的一招，是讓你的上司替你揹黑鍋；如果你成功了，那你就翻身了，等著接收他的職位吧！不過，要是你的證據不夠充分、沒有把握成功，最好不要嘗試，搞得不好你會吃不完兜著走，到時就虧大了！還有，這一招玩有不能玩得太頻繁，否則風險會變大。要是那時候你曉得在實驗室裡找到替死鬼，現在你可能以經揚名天下了。搞不好還會有一道菜以你的名字來命名呢！」

「你真的瘋了！」李祥協說完便忿忿地走開。

「失敗者，」珍看著李祥協的背影輕蔑地說。這一群高中同學開心地笑了起來，有幾個人還故意模仿李祥協的表情。

「不對，不對，要這樣做比較像！」佩卓插了進來，他一邊

說，一邊用手指將眼角向上拉，把眼睛變成中國人的單眼皮。佩卓很高興有這個機會可以和所有人一起嘲笑他的高中同學。

「你們這些人是那裡不對勁了？」湯姆大聲喝止，「你們為什麼要一直拿種族問題開玩笑？為什麼要無緣無故歧視其他族群？這不是玩笑，是侮辱！」

「不是無緣無故。」路易斯平靜地說，「在『誰切了乳酪？』這個故事裡提到非常重要的一點，就是要有嘲笑別人的能力。推諉先生得以存活下來，就是因為他可以毫無困難地將逃避先生的行動視為浪費時間的愚昧行為。一旦他曉得該如何譏笑逃避先生，他就知道自己必須向『改變』屈服，而不是抵抗。後來他也知道該如何將逃避先生去人性化，因為唯有如此，他才比較容易將逃避先生當作他的代罪羔羊。」

「讓逃避先生成為代罪羔羊而已？推諉先生真的計畫殺了他呢！」湯姆抗議道。

「正是如此。要是推諉先生沒有認定逃避先生必須承擔一切責任、不能打從心底嘲笑逃避先生，他可能做出那些計畫嗎？」

「但這太荒謬了吧！」

「我不這麼認為。」當醫生的菲爾忽然插加入討論。「在醫生的工作裡，鑑

別診斷（譯註：醫生據病患的症狀決定治療方式和治療的優先順序）一直是令人頭痛的問題。身為整個醫療體系下最基層的內科醫師，每一天我都必須選擇讓那個病人活下去，讓那個人死。最麻煩的是那些慢性病患，因為那很花錢。我不可能給每一個病患，『最好的照顧』，如果我這麼做，肯定沒有辦法達成醫院削減開支的命令，這樣一來，我就得犧牲我的年終紅利了。我有很多病人都像逃避先生一樣，認為自己既然已經付了錢，應該得到最好的醫療照顧。」

「路易斯的故事教了我兩件事，以後當我必須拒絕提供病患某些昂貴的治療的時候，我的心理會覺得好過一點。」菲爾繼續說，「第一件事，就是人難免一死，所以我不必因為無法讓我的病患健康長壽而自責；因為抗拒改變是徒勞無功的。第二件事，就是那些來找我看病的人，不過是中產階級的平民百姓罷了，如果他們夠聰明、或者更努力工作，他們一定有更好的醫療保險，根本不可能找上我。因為這個緣故，我不需要因為拒絕實施某些治療會加速病患的死亡而覺得內咎；因為我的荷包比他們的性命來得重要。現在，我更能享受屬於我的那份乳酪。路易斯，真是太謝謝你了。」

湯姆不敢相信地搖搖頭，一副非常受不了的樣子。

屋子裡那種一觸即發的對峙氣氛再度糖糖緊張了起來。

「有時候我覺得自己是逃避先生，」她說，「因為即使我已經意識到改變即將到來，好比我早就注意到綠薄荷犀牛開始僱用愈來愈年輕的辣妹，但我還是沒有採取任何行動。」

「糖糖，妳有沒有想過，等妳年老色衰之後，妳的工作怎麼辦？」湯姆焦急地問，「抱怨那些辣妹舞孃搶了妳的生意？」

「是舞者，不是舞孃。」糖糖正色地糾正湯姆。

「看吧，湯姆！」路易斯說，「你也承認，人都會變老吧！有些事是人力無法改變的；這就是我再三強調的，抗拒改變是徒勞無功的。」

湯姆再次搖搖頭，他說：「我可以向你保證，有些事並不值得我們付出麼多全部的心力去爭取，像脫衣舞孃的工作就是最好的例子。」

「嘿，跳脫衣舞可賺得不少呢！」糖糖抗議地說。

「別擔心，糖糖。」路易斯說，「沒錯，衰老是人生必經之路，即使是絕色美女也不例外。但像妳這麼多才多藝的妖嬌美人，即使變老了，機會仍然多得是。或許妳的表演空間必須從大舞台換到小平台，但妳仍然可以得到享之不盡、用之不絕的乳酪。記住，妳必須隨時備戰，而且確保沒有任何年輕辣妹擋在妳的面前妨礙妳。如果她們阻礙妳，妳不能只是譴責她們，妳得狠心下毒手，就算必須拿刀劃破她們年輕美麗的臉蛋也在所不惜。」

糖糖非常感激的點點頭。

姬兒是成功的職業女性，她極欲加入這場討論。

「路易斯，我認為這個故事

最精采的部分，就是把被害者受到迫害的責任歸咎於被害人自身這一段。想要無限提高自己所持有的公司股票價值的辦法，就是開除那些快要有退休資格的員工，好大幅削減員工退休基金的支出。附帶一提，要是公司有太多年資超過十年的員工，光是支付他們逐年調升的薪水，就是個沉重的財政負擔。所以說，想要讓你的員工加倍賣力工作、卻不必多付錢的辦法，就是不定期地開除員工。

「我的方法是，每一天都叫幾個員工捲鋪蓋走人。我一直想找個辦法，可以清楚地告訴手下的人，絕對服從上司是必要的工作條件；路易斯的故事正是我所需要的東西。還好上帝也站在我這一邊，我手下的人對於我所說的，『不擇手段讓公司股價在最短時間飆到最高點（這麼一來，我也因為持有公司股票，而財產大幅增值），是最符合公司長期營運利益的方法』一說毫不質疑。

「額外的收穫是，」姬兒繼續說道，「不單單我的員工們清楚知道，他們不能違抗我的意願，而且那天公司出了況，他們只會互相推委塞責，沒有人會想到我該負的責任。我剛才有沒有提到，我是非常成功的職業婦女，而且因為我的位居高層，我的意見永遠比其他人更重要；也許我應該說，比路易斯之外的人更受重視，畢竟路易斯是總裁嘛。」

湯姆受不了地翻了個白眼。

「嘖，嘖，嘖，」姬兒一邊說，一邊站起身來。「你這樣不行的，湯姆。看看你現在的樣子，你看起來就像個糟糕透頂的迷你族人！你沒忘記我說的，不准質疑路易斯所說的每一句話吧？他是總

裁，只有像他這種職位的人才能要求『改變』，其他人要是不能適應『改變』，就得從此銷聲匿跡。如果各位不介意，我必須先走一步，因為我那非常成功的事業需要我。各位，告辭了。」

姬兒大步走出餐廳。湯姆看著她離去的身影沉默了一會兒。

「那個故事不止瘋狂愚蠢，它根本是錯誤的。」湯姆再度開口，「想像一下，如果你把這些歪理套用到家庭關係上，會是什麼樣子？」

「我剛剛正在想這件事。」珍打了一個響嗝。「依我之見，這個道理同樣適用於家庭關係。我老公是個大爛人，以前我們夫妻有很好的性生活，但是現在，為了償還貸款和儲存子女的教育基金，我老公幾乎整天都要工作。這麼一來，我該怎麼辦？大部分的時間裡，我都是一個人坐在客廳裡，一口一口灌著雪莉酒，當我的怨婦。

「剛剛聽過路易斯的故事之後，我才發現原來自己活得像隻狗一樣！」珍繼續說，「我現在知道了，我的老公才是罪人，因為他冷淡我、害我慾求不滿。我老公每天都像條死魚似的，在床上一點反應都沒有，完全不能滿足我。關於這一點，我無法改變，我想去改變；但是我現在已經決

定了，我可以向外發展，我可以從其他男人強壯的臂彎裡得到我應得的那份乳酪。這絕對不是我的錯，都是因為我老公不行，才逼得我出此下策的。」

珍眨了眨眼，又啜飲了一口草莓雞尾酒。「噢！我的親親小寶貝佩卓，快過來這兒，我需要你熱情的拉丁之火來溫暖我。」

一如往常，佩卓乖乖地服從他所得到的命令。

妲蓮娜是一個長途貨車司機，今天剛好沒有排班，她才能過來參加同學。她接著發言：「好妹妹，我懂妳得意思。曾經有好長一段時間，我也向逃避先生一樣，不懂得該優先考量自己的利益。原來我有丈夫和兒子，一直安於當個家庭主婦；直到有一天我突然覺悟，這麼多年來，我一直不知道該把自己的利益放在第一位，從來沒有為自己做過任何打算。更糟的是，我甚至連想都沒有想過我可以這麼做。

「後來我的丈夫被調職，我們只好搬家，問題就在這個時候出現。我的兒子一直是西洋棋校隊的主力選手，但他的新學校不時與玩棋，而且他的新同學特別愛找他麻煩，搞得他每天痛苦不堪。於是他每天晚上都要向我哭訴，有一天，我實在受不了了，就決定蹺家，出去走自己的路。

「結果，我這個決定改變了我兒子的一生。我離家之後，我的兒子每天必須靠練舉重來發洩對我怨氣和對生活的不滿，日日健身的結果，讓他從學校混畢業之後搖身一變成為紐約市的警察。他現在可威風了，每天到各家商店搜括免費可樂，他把我們家藍領階級

提升為白領階級！

「要是我早幾年知道這個故事，當年離家前我就會留張紙條給我的兒子，讓他知道一切都是他父親的錯，都是他害我變成一個同性戀卡車司機的。這樣一來，我的兒子就會唾棄他的父親，而身為母親的我即使開著卡車走到天涯海角，依然保有他的愛。」

妲蓮娜的身體貼著珍，在她的耳邊說：「如果妳有任何需要，不妨隨時打電話給妲蓮娜！」

「當然了，我一定會的。妳真好！」珍敷衍地說。她很快地將注意力拉回佩卓身上。

「很好，一定要打喔。」妲蓮娜喃喃自語，「妳一定會打的，而且，當妳打來的時候，妳會後悔現在沒有對我更溫柔一點。哼，到時候妳就會知道老娘的記性有多好，我可是每一件事都記得清清楚楚的吶。」妲蓮娜起身走出餐廳，極盡優雅地坐上她的貨車，駛向她永恆不變的最愛，高速公路。

佩卓攙著已經醉得東倒西歪的珍，扶著她站起來，「來吧，珍，我知道有一間很棒的汽車旅館，我們可以去那兒休息一下。今晚，我保證妳會得到妳應得的那塊香醇火熱、黏膩誘人的乳酪。」

「啊哈！想不到佩卓也挺有兩下子的，原來還是個拉丁情聖

嘛！」珍的整個身體幾乎掛在佩卓身上，兩人歪歪倒倒地走出餐廳。

「在座到底有沒有人曾經認真想過，在這個故事裡究竟發生了那些事？」湯姆不耐煩地問。「為什麼迷你族人會被困在迷宮裡？是誰把乳酪放進裡面的？最後那隻大手把推諉先生抓起來之後，會繼續發生什麼事？」

「我猜他們會給推諉先生一個較像樣的管理職位，然後把他安插到另一個迷宮裡吧！」瑪麗琳說道。

「妳是誰啊？」湯姆懷疑地問。「我怎麼不記得班上有妳這號人物？」

「我是瑪麗琳，是這家餐廳的服務小姐。我已經聽你們聊了一個多小時了。我想，既然今拿不到多少小費，我也不必太認真工作，就邊做事邊聽到你們談話囉！」

「好吧，瑪麗琳，」湯姆說，「妳的答案大錯特錯。難道妳沒有發現，那個迷宮說穿了就是某個科學實驗而已。在一般利用老鼠所做的迷宮實驗裡，給予乳酪作為獎賞是很平常的實驗設計呀，故事最後出現的那隻戴著橡皮手套的手，不就是最好的證明嗎？」

「就算那是個實驗，推諉先生還是贏了，不是嗎？他最後得到了所有的乳酪，他活下來了。」

「我可不這麼認為。」湯姆回答道。「在最典型的老鼠與迷宮的實驗的完成後，老鼠的下場通常只有一個，就是被處死。牠們死後，科學家會解剖牠們的腦子，好做更進一步的研究。我敢保證，推諉先生的下場一定也是如此。他的勝利只是虛幻的，不具任何實質意義；牠雖然活著，也只不過多活幾分鐘而已。」

「看來今天我是真的拿不到什麼

小費了。」瑪麗琳嘆了一口氣，「悲觀主義者向來不愛給小費的，唉！」瑪麗琳說完後走回櫃檯。

「逃避先生想要逃離迷宮是正確的。」湯姆非常堅定地說，「也許他注定會失敗，但他至少曾經努力過，而且他有權利做各種嘗試。」

「但是湯姆，逃離迷宮根本是不可能的。」路易斯面帶笑容地說。「撇開那隻戴著橡皮手套的手把推諉先生拎起來之後，會發生什麼事不談，推諉先生都是不折不扣的贏家呀！整個迷宮的乳酪都歸他所有，他比其他三個角色要活得久，他有獲勝的滿足感呢！」

「你們剛剛說了這麼久，我還是沒聽懂，那個迷宮究竟有什麼問題？」布蘭特打斷兩人的談話，「為什麼有人想要逃出去？」

措。

「什麼？」路易斯問道。這一天裡，他第一次顯得有點不知所

「嗯……」布蘭特輕輕哼著，那些「騎小馬」的畫面又一一回到布蘭特的腦子裡。「某個你怎麼也逃不開的地方，你無法抵抗，而且在那兒敗德和痛苦是必然的……就算要付上一大筆錢，我也要住在這種地方。啊，抱歉，我說錯了，我剛剛是說，我真的覺得很開心，可以跟大夥兒重聚一堂，彼此交心……我曾經付錢體驗被囚禁在地牢裡的滋味，那還不便宜呢。我曾經付出大筆鈔票只為了體驗被鞭子抽打在身上的刺痛感，和從小美人身上吸吮那金黃甜美的瓊漿玉液……」

布蘭特突然住嘴，因為他發現自己竟然在無意間洩漏出自己最

隱諱不欲人知的秘密，而他的老同學們一個個震驚地看著他說不出話來。

「老天！我剛剛說了什麼？看看我幹了什麼好事！我這輩子毀了！」布蘭特雙手遮臉、哭著衝出餐廳。

餐廳裡的人都大笑了起來，就連湯姆也笑得很開心。

「路易斯，既然這個故事這麼好用，那你又是怎麼利用它來經營你自己的公司？」湯姆把嘴角往上抬，試著擠出一絲微笑。

「我很高興你問我這個問題。」路易斯回答道，「要成功地經營一個企業有兩種方法，一是僱用一批技巧純熟、受過良好教育的合法員工，並以一些模糊不具體承諾作為誘餌，讓他們心甘情願接受低薪和超長的工作時數。但以現今的實際狀況而言，很難真的把

這些人哄得服服貼貼的。另一種方法，是找一群軟弱的、愚昧無知的、膽小如鼠的員工，你不必太費勁兒就可以騎在這些人的頭上，讓他們替你做牛做馬。我個人選擇第二種方法。」

「為了確定我手下的員工完全明白我的要求，」路易斯繼續說，「我會給公司員工人手一本『誰切了乳酪？』，然後召集所有人到我的辦公室。首先，我會一個個盯著他們看，看得他們心裡發毛，然後要每個人自己說，他們覺得故事裡哪個角色比較接近他們的個性。

「那些自認為個性像妙鼻鼠、落跑鼠、或推諉先生的員工，可以繼續留在公司工作，至於那些回答『逃避先生』的，當場就會被我開除。」

「不會吧？」湯姆吃驚地叫出聲。

「有一次，某個自以為聰明的傢伙，竟然給我的答案是『那隻橡皮手套』！不用說，我立刻叫他滾蛋。」路易斯自信地說，「因為『那隻橡皮手套』就是我，那是總裁的工作！」

「但是為什麼你要開除他們？」湯姆問道。

「湯姆，我剛才不是已經說得很清楚了嗎，你知道誰才是這個故事裡的英雄啊！」路易斯顯得有些疲憊。「我底下的人應該知道，我要的答案只有一個，那就是『推諉先生』，因為那是我要他們效法的對象。如果有人做不到這一點，那麼，他要不是白痴，就是根本不怕我。如果是白痴還好，至少我有辦法對付白痴，這就是我留下那些自以為像妙鼻鼠或落跑鼠的員工的原因。這些人的問題

在於自尊不夠，他們沒有那種智力去了解，雖然這個故事裡有四個角色，但他們只有兩種選擇，不是做逃避先生，就是當推諉先生。

「我不需要那些不懂得畏懼我的員工。當我走過他們的身邊時，他們應該害怕顫抖，應該低頭迴避；如果被我的眼光掃到，他們應該變得像石頭人一樣，動也不敢動，這才是我要的人。因為我是那種高壓權威式的經理人，而我的公司就是善用這些人才成功的。

「在我裁掉公司四分之一的員工之後，剩下的那些員工是風聲鶴唳、人人自危。這時候，無論我有任何要求，他們一定在第一時間之內讓我滿意，這就是他們工作效率愈衝愈高的原因。

「不僅如此，員工們開始互相監視，只要一發現有人違反勞動規章，其他人立刻毫不留情地寫匿名信向我檢舉。當然，我會毫不猶豫地開除這些工作不賣力的傢伙，連眼睛都不眨一下。我就是利用者個方法迅速大幅削減公司的薪資支出，生產成本降低，獲利相對增加，當然股價就向上竄升囉。」

湯姆仔細思索路易斯的這段話。「但是，你知道自己要付出多少代價嗎？在道德上，，人性最可貴的一面，在於互相扶持、共度難關的，而不是見死不救、落井下石。逃避先生才是這個故事裡唯一值得效法的人物。至少他曾經試著與惡劣的情勢對抗。」

路易斯微笑地說：「抗拒是徒勞無功的，我親愛的朋友。在這個故事裡，你應該已經學到這一點了。如果你還有興趣繼續討論，給我個電話，我會替你報名敝公司所開設的『救命課程』，那是由

我親自授課的週末課程。但是現在，有人已經預約了我的時段，而我們最甜美可人的糖糖小姐，就是這場討論課的唯一學生。」

路易斯站了起來，很有紳士風度地替糖糖拉開椅子，扶她起身。

「你知道嗎，由我個人親自教授的一對一課程可不便宜呢，我每個小時收取時三百五十美元的學費。」路易斯說。

「真巧，我也是呢！」糖糖嫵媚地一笑，開始向外走。她的皮裙緊緊包裹著她渾圓緊實的臀部，讓她看來更加誘人。

「真是物超所值！」路易斯看著她的背影，喃喃地說。

路易斯跟在糖糖身後離開，臨走之際，他回頭看看還坐在原地的湯姆一眼，說：「聽我說，湯姆，你必須選擇自己要當什麼哪種人。我可以肯定地告訴你，如果你選擇當逃避先生，你的下場不是活活餓死，就是被朋友殺了；現實社會就是這麼殘酷。記住，當你必須做抉擇的時候，放聰明點，不要選錯對象。後會有期囉！」

湯姆一言不發，神情顯得有些悲傷。

瑪麗琳走向湯姆，將帳單遞給他。湯姆看著總價超過兩百美元的帳單，覺得天旋地轉、差點沒昏倒。他那些老同學們，一陣吃喝之後，拍拍屁股就走了，連一塊錢都沒有留下來！他被大家狠狠擺了一道。此刻應該就是路易斯所說的，必須做抉擇的時刻吧！現在，他必須決定自己要當故事裡的哪個角色。

這一次，湯姆選擇當落跑鼠。

誰切了乳酪

作　者　Mason Brown, J. D.
譯　者　歐倪君
總編輯　陳惠雲
主　編　諸韻瑄
編　輯　楊淑圓
出版者　匡邦文化事業有限公司
聯絡地址　台北市羅斯福路四段 200 號 9 樓之 15
E-Mail　dragon.pc2001@msa.hinet.net
網　址　www.morning-star.com.tw
電　話　(02) 29312270
傳　真　(02) 29306639
法律顧問　甘龍強律師
初　版　2001年12月
2002年元月　四刷
總經銷　知己實業股份有限公司
郵政劃撥　15060393
台北公司　台北市羅斯福路二段 79 號 4 樓之 9
電　話　(02) 23672044．23672047　傳真：(02) 23635741
台中公司　台中市 407 工業區 30 路 1 號
電　話　(04) 23595819　傳真：(04) 23597123
定　價　新台幣160元
Printed in Taiwan
如有破損或裝訂錯誤，請寄回本公司更換

國家圖書館出版品預行編目資料

誰切了乳酪／Mason Brown, J. D.著歐倪君譯．－－－初版．－－臺北市：匡邦出版，2001〔民 90〕
面：　公分－－（人際管理；1）
譯自：Who cut the cheese? : a cutting-edge way of surviving change by shifting blame
ISBN　957-455-097-4（平裝）
874.6　90018932

讀 者 回 函 卡

您寶貴的意見是我們進步的原動力！

購買書名：誰切了乳酪

姓名：＿＿＿＿＿＿＿＿＿

性別：□女 □男　年齡：＿＿＿ 歲

聯絡地址：＿＿＿＿＿＿＿＿＿＿＿＿＿＿＿＿＿＿＿＿＿＿＿＿＿

E-Mail：＿＿＿＿＿＿＿＿＿＿＿＿＿＿＿＿＿＿＿＿＿＿＿＿＿

學歷：□國中以下　□高中　□專科學院　□大學　□研究所以上

職業：□學生　□教師　□家庭主婦　□SOHO族

□服務業　□製造業　□醫藥護理　□軍警

□資訊業　□銷售業務　□公務員　□金融業

□大眾傳播　□自由業　□其他

從何處得知本書消息：□書店　□報紙廣告　□朋友介紹　□電台推薦

□雜誌廣告□廣播　□其他

你喜歡的書籍類型（可複選）：□心理學　□哲學　□宗教　□流行趨勢

□醫藥保鍵　□財經企管　□傳記

□文學　□散文　□小說　□兩性

□親子　□休閒旅遊　□勵志

□其他

＿＿＿＿＿＿＿＿＿＿＿＿＿＿＿＿＿＿

您對本書的評價？（請填代號 1. 非常滿意 2. 滿意 3. 普通 4. 有待改進）

書名＿＿＿ 封面設計＿＿＿ 版面編排＿＿＿ 內容＿＿＿ 文／譯筆＿＿＿

讀完本書後，您覺得：

□很有收獲 □有收獲 □收獲不多 □沒收獲

您會介紹本書給你的朋友嗎？

□會　□不會　□沒意見

（貼郵票處）

106 台北市羅斯福四段 200 號 9 樓之 15

匡邦文化事業有限公司

地址：______縣 / 市______鄉 / 鎮 / 市 / 區______路 / 街

______段______巷______弄______號______樓